LA SERVITÙ DELLE DONNE

John Stuart Mill

I

Io mi propongo in questo saggio, di spiegare colla maggior possibile chiarezza, le ragioni sulle quali si fonda una opinione, che io ho abbracciata fin da quanto si formavano le mie prime convinzioni sulle questioni sociali e politiche, e che ben lungi dal fiaccarsi e modificarsi colla riflessione e la esperienza della vita, non fece che ingagliardire viemmeglio con esse. Io credo che le relazioni sociali dei due sessi, che sottomettono l'un sesso all'altro in nome della legge, sono cattive in sè stesse, e costituiscono oggidì uno dei precipui ostacoli che si oppongono al progresso dell'umanità: io credo ch'esse debbono dar luogo ad una perfetta eguaglianza senza privilegio, nè potere per l'un sesso, come senza incapacità per l'altro. Ecco ciò ch'io mi propongo di dimostrare, per quanto ardua cosa possa sembrare. Sarebbe errore il supporre che la difficoltà ch'io debbo superare, consista nell'insufficienza o nella pochezza delle ragioni sulle quali si basa la mia convinzione: questa difficoltà non è che quella che affrontar deve colui che imprende a lottare contro un sentimento potente ed universale.

Dacchè una opinione è basata sopra i sentimenti, essa sfida i più decisi argomenti, e sembra cavarne forza, invece di affievolirsi: se essa non fosse che il portato del ragionamento, questo, una volta confutato, le fondamenta della convinzione sarebbero scosse; ma quando una opinione non ha altra base che il sentimento, quanto più essa esce malconcia da una discussione, e tanto più gli uomini che la professano si persuadono ch'essa deve basare sopra ragioni che son rimaste fuori di combattimento. Finchè il sentimento sussiste non patisce mai difetto di teorie, ed ha bentosto rinchiusa la breccia dei suoi trinceramenti. Ora i nostri sentimenti sull'ineguaglianza dei sessi sono per molte cause i più sentiti ed i più radicati di quanti circondano e proteggono i costumi e le istituzioni del passato. Non è dunque meraviglia ch'essi siano i più fermi di tutti, e che abbiano resistito meglio di tutti alla grande rivoluzione intellettuale e sociale del tempo moderno, nè deve credersi per questo che le istituzioni più lungamente rispettate siano meno barbare di quelle che si sono distrutte.

Gli è pur sempre un arduo compito quello d'attaccare una opinione press'a poco universale. Senza una straordinaria fortuna, od un talento eccezionale, non si giunge neppure a farsi ascoltare; e si fatica di più a trovar per una tal causa un tribunale di quel che penerebbe un'altra a farsi giudicare favorevolmente. Che se si giunge a farsi ascoltare, non è che a patto di subire condizioni inaudite.

Dovunque, la fatica del provare incombe a quello che afferma. Quando un individuo è accusato d'omicidio, tocca all'accusatore fornire le prove della colpabilità dell'accusato, non mai deve questo fornire le prove della sua innocenza. In una polemica sulla realtà d'un fatto storico, che interessa mediocremente i sentimenti della maggior parte degli uomini, la guerra di Troja per esempio, coloro che sostengono la realtà dell'avvenimento, sono in obbligo di produrre le loro prove ai loro avversari, e questi non sono che tenuti a dimostrare la nullità dei documenti allegati. Nelle questioni di ordine amministrativo, è ammesso che il peso delle prove dev'essere sopportato dagli avversari della libertà, dai partigiani delle misure restrittive o proibitive. Sia che si tratti di recare una restrizione alla libertà, ovvero di colpire d'incapacità, o di una ineguaglianza di diritti, una persona od una classe di persone: la presunzione: è a priori in favore della libertà e della eguaglianza: le sole restrizioni legittime sono quelle invocate dal bene comune; la legge non deve fare eccezioni, essa deve a tutti egual trattamento, a meno che gravi ragioni di giustizia o di politica non consiglino qualche disparità fra persona e persona. Tuttavia, coloro che sostengono l'opinione ch'io difendo qui, non sono tenuti a contenersi dietro queste norme. Quanto agli altri che pretendono che l'uomo ha diritto al comando e che la donna è naturalmente soggetta all'obbligo d'obbedire; che l'uomo ha per esercitare il potere, qualità che la donna non possiede, io sciuperei il mio tempo a dir loro ch'essi sono in obbligo di provare la loro affermazione sotto pena di vedersela rigettare. A nulla mi gioverebbe dimostrar loro che rifiutando alle donne la libertà ed i diritti di cui gli uomini debbono fruire, si rendono doppiamente sospetti e di attentare alla libertà e di parteggiare per l'ineguaglianza, e che conseguentemente fornir debbono le prove palpabili della loro opinione o subire la condanna. In ogni altro dibattimento la cosa sarebbe così; ma in questo è tutt'altra. S'io voglio fare qualche impressione, io debbo, non solo rispondere a tutto ciò che han potuto dire tutti quelli che han sostenuto la tesi contraria, ma benanco imaginare e ribattere tutto quel che potrebbero dire, trovare per essi delle ragioni da distruggere, e poi quando tutti i loro argomenti sono demoliti, io non ho finito; mi si intima di provare la mia tesi con prove positive inconfutabili. Più ancora;

quando io avessi consumato il mio compito, e schierato di fronte ai miei avversari un esercito d'argomenti perentori; quando avessi disteso a terra fino all'ultimo dei loro argomenti, ancora si stimerebbe non aver io fatto nulla, poichè una causa che si appoggia per un lato sull'uso universale e per l'altro sopra sentimenti d'una eccezionale vigoria, avrà in suo favore una presunzione molto superiore alla specie di convinzione, che un appello alla ragione può produrre nelle intelligenze, le più alte eccettuate.

Se io ricordo queste difficoltà, non è già per lagnarmene, il che non mi gioverebbe punto; esse si ergono sul sentiero di tutti coloro che attaccano dei sentimenti e delle consuetudini in nome della ragione. La maggior parte degli uomini ha d'uopo di coltivare lo spirito meglio di quel che si sia fatto fin qui, perchè si possa chieder loro di riportarsene alla loro ragione, e di abbandonare certe norme succhiate col latte, sulle quali riposa buona parte dell'ordine attuale del mondo, all'intimazione del primo ragionamento al quale non potessero resistere colla logica. Io non li biasimo di non avere sufficiente fiducia nella ragione, bensì li rimprovero di averne troppa nel costume e nel sentimento generale. È uno dei pregiudizi che caratterizzano la reazione del decimonono secolo contro il diciottesimo, quello d'accordare agli elementi non razionali della natura umana, l'infallibilità che il diciottesimo attribuiva, dicesi, agli elementi razionali. In luogo dell'apoteosi della ragione, noi facciamo quella dell'istinto: e chiamiamo istinto, tutto ciò che non possiamo stabilire sopra una base razionale. Questa idolatria, infinitamente più triste dell'altra, appoggio di tutte le superstizioni del nostro tempo e di tutte la più pericolosa, sussisterà, fino a che una sana psicologia non l'avrà rovesciata, mostrando la origine vera della maggior parte dei sentimenti che noi riveriamo sotto il nome di intendimenti della natura e disposizioni di Dio. In quanto però a ciò che concerne la questione presente, io voglio anche accettare le condizioni sfavorevoli, che il pregiudizio mi impone. Io consento che il comune sentimento e la consuetudine generale sieno reputati come ragioni senza replica, purchè io non dimostri che, in questa materia, la consuetudine ed il sentimento, hanno in ogni tempo, cavato la loro esistenza, non già dalla loro legittimità, ma da cause diverse, e che sono il portato non già della miglior parte dell'uomo, ma della peggiore. Io subirò condanna, se non provo che il mio giudice fu comprato. Le mie concessioni non sono tanto importanti quanto lo sembrano. Questa dimostrazione è la parte più leggiera del mio campito.

Quando un costume è generale, v'hanno spesso forti presunzioni per credere ch'esso mira, od almeno tendeva dapprima, a lodevole fine. Tali sono gli usi che furono in prima adottati, e quindi conservati, come mezzi sicuri di raggiungere fini lodevoli, e risultati incontesi dall'esperienza. Se l'autorità dell'uomo nel suo primo stabilirsi fu il risultato di un paragone coscenzioso dei diversi mezzi di costituire la società; se fu dopo l'esperimento di diversi modi di organizzazione sociale, quali, il governo dell'uomo per fatto della donna, l'eguaglianza dei sessi, oppure, una tale o tal'altra forma mista che si abbia potuto immaginare, se soltanto dopo, fu deciso, sul testimonio dell'esperienza, che la forma di governo che più sicuramente conduce al benessere i due sessi, è quello che assoggetta assolutamente la donna all'uomo, che non le lascia parte alcuna nei pubblici affari e la costringe nella vita privata, in nome della legge, ad obbedire l'uomo al quale ha unito i suoi destini: se, ripeto, le cose procedettero in questi termini, allora bisognerà vedere nella generale adozione di questa forma di società la prova che all'epoca in cui fu attuata, essa era la migliore; benchè si potrebbe anche obiettare, che, le considerazioni che militarono allora in suo favore, han cessato di esistere al pari di tanti altri fatti sociali primitivi, della più alta importanza. Ora, le cose han proceduto in modo affatto contrario. In prima l'opinione che subordina un sesso all'altro, non si basa che sopra teorie; non si è giammai esperimentato un altro sistema, e non si può pretendere che l'esperienza, che si riguarda comunemente come l'antitesi della teoria, abbia qui pronunciato. Arrogesi che, l'adozione del regime della disuguaglianza non è stata mai il risultato della deliberazione, del libero pensiero, d'una teoria sociale, o d'una cognizione qualunque dei mezzi d'assicurare il benessere umano e di stabilire nella società il buon ordine. Questo regime non ha altra origine che dall'essersi la donna trovata in balìa dell'uomo, fin dai primi giorni della umana società, avendo questo, interesse di possederla e non potendo ella resistergli per l'inferiorità della sua forza muscolare. Le leggi ed i sistemi sociali cominciano sempre dal riconoscere i rapporti già esistenti fra le persone. Ciò che non era dapprima che un fatto brutale, divenne un diritto legale, guarentito dalla società, appoggiato e protetto dalle forze sociali, sostituitesi alle contese senza ordine e senza freno della forza fisica. Gli individui che erano prima costretti ad obbedire per forza, dovettero poscia obbedire in nome della legge. La schiavitù che non era dapprincipio che una questione di forza fra il padrone e lo schiavo, divenne così una istituzione legale: gli schiavi furono compresi nel patto sociale per il quale i padroni si impegnavano a guarentirsi e proteggersi reciprocamente la loro proprietà colla loro forza collettiva. Nei primi tempi storici la grande maggioranza del sesso maschile era schiava come la totalità del sesso femminile. Molti secoli trascorsero, e secoli illustrati da una brillante coltura intellettuale, prima che dei pensatori avessero l'audacia di contestare la legittimità o l'assoluta necessità dell'una o dell'altra delle due schiavitù. Finalmente questi pensatori comparvero, e coll'aiuto del progresso generale della società, la schiavitù del sesso maschile finì per essere abolita presso tutte le nazioni cristiane d'Europa (esisteva ancora or fanno appena cinque o sei anni, presso l'una di esse), e la schiavitù della donna si modificava, poco a poco, in una subordinazione temperata. Ma questa subordinazione tal quale sussiste oggidì, non è una istituzione adottata, dietro matura deliberazione, per considerazioni di giustizia o di sociale utilità; è lo stato primitivo di schiavitù, che si perpetua attraverso una serie di addolcimenti e di modificazioni dovute agli stessi fattori che hanno mano mano civilizzato le forme e subordinato le azioni degli uomini al controllo della giustizia ed all'influenza di idee umanitarie; la brutale impronta della sua origine non è scancellata. Non v'è dunque nessuna presunzione da cavare, dall'esistenza di questo regime, in favore della sua legittimità. Tutto quanto se ne può dire si è ch'esso è durato fino ad oggi, mentre altre istituzioni escite al par di esso dalla stessa sozza sorgente, sono scomparse; ed in fondo, è appunto questo che dà una strana fisonomia all'affermazione che la disparità di diritti fra l'uomo e la donna non ha altra origine che la legge del più forte.

Se questa proposizione sembra paradossale, lo si deve fino ad un certo punto al progresso della civiltà ed al miglioramento dei sentimenti morali dell'umanità. Noi viviamo, o per lo meno una o due delle nazioni più avanzate del mondo, vivono in uno stato nel quale la legge del più forte sembra totalmente abolita, nè sembra più servire di norma agli affari degli uomini; nessuno l'invoca, e nella maggior parte delle relazioni sociali, niuno ha diritto d'applicarla; se qualcuno lo fa, egli s'adopra, per riescire, a coprirsi con qualche pretesto d'interesse sociale. Tale è lo stato apparente delle cose, e si si lusinga che il regno brutale della forza è finito; e si finisce per credere che la legge del più forte non può essere l'origine delle cose che continuano a farsi oggidì; che le attuali istituzioni, comunque esser possano le origini loro, non si sono conservate fino a quest'epoca di civiltà avanzata, se non perchè si sentiva con tutta ragione ch'esse convenivano perfettamente alla umana natura, e servivano al bene generale. Non può farsi idea della vitalità delle istituzioni che pongono il diritto a lato alla forza; non si può imaginare con quale tenacità vi si aderisce; non si pon mente alla forza, colla quale e i buoni ed i cattivi sentimenti di quelli che tengono il potere, si uniscono per ritenerlo; non si si figura la lentezza colla quale le cattive istituzioni si cancellano, l'una dopo l'altra, principiando dalle più deboli, da quelle che sono meno intimamente intrecciate alle quotidiane abitudini della vita; si dimentica che quelli che esercitano un potere legale, perchè avevano dapprima avuto la forza fisica per loro, l'hanno di rado perduto prima che la forza fisica sia passata nelle mani dei loro avversarii; e non si pensa che la forza fisica non è dal lato della donna. Si tenga conto, eziandio, di tutto quel che vi ha di speciale e di caratteristico nell'argomento che ci occupa e si capirà facilmente che questo frammento del sistema del diritto fondato sulla forza, benchè abbia perduto le sue forme più atroci, e si sia addolcito lunga pezza avanti agli altri, sia tuttavia l'ultimo a scomparire, e che questo vestigio dell'antico stato sociale sopravviva fra generazioni che non ammettono che istituzioni basate sulla giustizia. È un fatto unico che sconcerta l'armonia delle leggi e dei costumi moderni; ma dacchè essa non mette in mostra la sua origine e che non è discussa a fondo, essa non ci sembra una smentita data alla moderna civiltà, più che non la domestica schiavitù dei Greci, impedisse loro di credersi un popolo libero.

Infatti, la generazione attuale, come le due o tre ultime generazioni, ha perduto ogni idea vera, della primitiva condizione dell'umanità; pochi soltanto che hanno studiato accuratamente la storia, o visitato le parti del mondo occupate dagli ultimi rappresentanti dei secoli passati, sono in grado di figurarsi ciò che era allora la società. Non si sa che la forza regnava senza freno, che la si esercitava pubblicamente, apertamente; non dirò con cinismo e senza pudore, poichè sarebbe supporre, che si potesse annettere a questo esercizio qualche idea vergognosa, mentre una simile idea non poteva in quell'epoca entrare nei pensamenti di niuno, che non fosse un filosofo od un santo. La storia ci dà una triste esperienza della specie umana, informandoci della rigorosa proporzione che regolava i riguardi per la vita, i beni e la felicità di una classe, col potere ch'ella aveva di difendersi. Noi vi leggiamo che la resistenza all'autorità armata, per quanto atroce fosse la provocazione, aveva contr'essa non solo la legge del più forte, ma tutte le altre leggi e tutte le idee dei doveri sociali. Coloro che resistevano, erano pell'opinione pubblica, non solo colpevoli di un delitto, ma del peggiore dei delitti, e meritavano il castigo più crudele che fosse in potere delli uomini d'infliggere. La prima volta che un superiore provò una velleità di sentimento d'obbligazione verso l'inferiore, fu quando per ragioni interessate, si trovò condotto a fargli delle promesse. Malgrado i solenni giuramenti che le appoggiavano, queste promesse non impedivano quelli che le avevano fatte, di rispondere alla più leggiera provocazione, o di cedere alla più debole tentazione, revocandole, o violandole. È tuttavia probabile che queste violazioni non si compissero senza che il colpevole sentisse dei rimorsi di coscienza, se la sua moralità non era di infima lega. Le antiche repubbliche riposavano, per la massima parte, sopra un contratto reciproco, esse formavano almeno, una associazione di persone, fra le quali non v'era gran disparità di forza; infatti son desse che ci presentano il primo esempio di relazioni umane raccoltesi sotto altro impero che quello della forza. La legge primitiva della forza, regolava solo i rapporti del padrone e dello schiavo; ed eccettuati i casi previsti da date convenzioni, quelli della repubblica coi suoi sudditi, o cogli altri stati indipendenti. Tuttavia era pur d'uopo che la legge primitiva fosse bandita da questo, benchè minimo angolo, perchè la umana rigenerazione cominciasse col surgere di sentimenti di cui l'esperienza mostrò ben presto l'immenso valore al punto di vista medesimo degl'interessi materiali, e che, da quel punto, non ebbero più che a svilupparsi. Gli schiavi non facevano parte della repubblica, eppur tuttavia fu negli stati liberi che per la prima volta si riconobbe agli schiavi qualche diritto, in qualità d'esseri umani. Gli stoici furono i primi, salvo forse i giudei, ad insegnare che i padroni avevano obblighi morali verso i loro schiavi. Dopo la diffusione del cristianesimo, niuno rimase estraneo a questa credenza, e dopo lo stabilimento della Chiesa cattolica, dessa non patì mai difetto di difensori. Tuttavia il còmpito più arduo del cristianesimo fu quello d'imporla, poichè la Chiesa lottò più di mille anni senza giungere ad un esito assai concludente. Non era già il potere sugli spiriti che le mancava; essa l'aveva ed immenso; ella chiamava i re ed i nobili a spogliarsi dei loro più vasti dominii per arricchirla: ella spingeva migliaia d'uomini sul fior degli anni, a rinunciare a tutti i beni del mondo per seppellirsi in conventi, a cercarvi la salute colla povertà, col digiuno, colla preghiera; ella spediva centinaia di migliaia d'uomini oltre la terra ed i mari, l'Europa e l'Asia, a sagrificarvi la vita per la liberazione del Santo Sepolcro; ella costringeva i re ad abbandonare donne, delle quali erano appassionatamente invaghiti, senza fare altro sforzo che dichiararli parenti in settimo grado, e dietro i calcoli della legge inglese, in quattordicesimo. La Chiesa ha potuto far tutto questo, ma non ha però potuto impedire ai nobili di battersi, nè di esercitare ogni crudeltà sui loro servi, ed all'uopo sui borghesi: ella non poteva farli rinunciare nè all'una nè all'altra delle due applicazioni della forza, la militante e la trionfante. I potenti del mondo non furono condotti alla moderazione che il giorno nel quale a loro volta dovettero subire la costrizione di una forza superiore. Il potere crescente dei re potè solo por fine a questa lotta generale, riserbandola ai re ed ai competitori delle corone. L'incremento di una borghesia ricca ed intrepida che si difendeva nelle città fortificate e la comparsa di una fanteria plebea che mostrò sul campo di battaglia una potenza superiore a quella della cavalleria indisciplinata, poterono solo porre qualche confine all'insolente tirannia dei signori feudali. Questa tirannia durò ancora lunga pezza prima che gli oppressi fossero abbastanza forti da cavarne luminose vendette. Sul continente molte pratiche tiranniche continuarono fino alla rivoluzione francese; ma in Inghilterra, molto tempo prima, le classi democratiche, meglio organizzate che sul continente, vi misero fine, con leggi d'eguaglianza e con libere istituzioni.

Generalmente si ignora che nella maggior parte della storia, la legge della forza fu l'unica ed assoluta norma di condotta, rimanendo ogni altra, conseguenza speciale ed eccezionale di relazioni particolari. Si ignora che il tempo non è ancora remoto, in cui si è cominciato a credere che gli affari della società debbono essere regolati dietro le leggi morali; ma si ignora ancora più, che, e istituzioni e costumi non aventi altra base che la legge della forza, si conservano a delle epoche e sotto l'impero d'opinioni che non avrebbero mai tollerato il loro stabilimento. Gl'Inglesi potevano, non sono ancor quarant'anni, tenere in servitù esseri umani, venderli e comperarli; all'inizio di questo secolo, potevano ancora impadronirsene nel loro paese. Questo estremo abuso della forza, condannato da quelli che potevano soffrire quasi tutte le altre forme del potere arbitrario, e più suscettibile che qualunque altro di rivoltare i sentimenti di gente che non vi avevano personale interesse, era, e persone tutt'ora viventi se ne rammentano, consacrato dalla legge d'Inghilterra civilizzata e cristiana. In una metà dell'America Anglosassone, la schiavitù esisteva ancora or sono tre, o quattro anni, e per di più, vi si faceva generalmente il traffico e l'allevamento degli schiavi. E tuttavia, non solo i sentimenti ostili a questo abuso della forza erano più vivi, ma, in Inghilterra almeno, i sentimenti o gl'interessi che lo sostenevano erano più deboli che per ogni altro abuso, poichè se la conservazione della schiavitù, aveva per sè l'amor del guadagno, spudoratamente spiegato e senza maschera dalla piccola frazione della nazione che ne approfittava, per contro, i sentimenti naturali di quelli che non vi erano personalmente interessati rivelavano un orrore invincibile. Dopo questo mostruoso fra gli abusi, non fa d'uopo citarne alcun altro: badate però tuttavia alla lunga durata della monarchia assoluta. In Inghilterra è unanime la convinzione che il dispotismo militare non è che una forma della legge della forza, e non ha altro nome. Tuttavia fra le altre grandi nazioni d'Europa, esso esiste ancora, o cessa appena di esistere, e conserva un gran partito nella nazione, sopratutto nelle classi elevate. Tanta è la potenza di un sistema in vigore, quand'anche non è universale, quand'anche tutti i periodi storici, e sopratutto delle comunità più illustri e più prospere, presentano nobili e grandi esempi dell'opposto sistema. In un governo dispotico, colui che afferra il potere ed ha interesse ad esercitarlo, è solo, mentre i sudditi che subiscono la sua dominazione sono, alla lettera, tutto il resto della nazione. Il giogo è necessariamente e naturalmente una umiliazione per tutti, eccettuato per colui che occupa il trono, e tutt'al più per un altro che spera succedergli. Qual differenza fra questi poteri e quello dell'uomo sulla donna! Io non pregiudico la questione per sapere s'essa è giustificabile, io dimostro soltanto, che, quand'anche non lo fosse, esso non è nè può essere più solido di tutti gli altri generi di dominazione che si sono perpetuati fino a questi giorni. Qualunque sia la soddisfazione dell'orgoglio nell'esercizio del potere, e qualunque ne sia l'interesse, questa soddisfazione e questo interesse non sono il privilegio di una classe, essi sono del sesso maschile tutto intero. In luogo d'essere per la massima parte dei suoi partigiani una cosa desiderabile in modo astratto, o come i fini politici, che i partiti tentano raggiungere attraverso le loro discussioni, di mediocre importanza per l'interesse privato di tutti, i minori eccettuati; questo potere ha la sua radice nel cuore di ogni individuo maschio, capo di famiglia, e di tutti quelli che si vedono in futuro investiti di questa dignità. Il rustico esercita, o può esercitare la sua parte di dominazione, al par del più eccelso personaggio. Gli è anzi per questi che il desiderio del potere è più intenso, perchè colui che desidera il potere, vuol sopratutto esercitarlo sopra quelli che lo circondano, coi quali passa la sua vita, ai quali è unito per interessi comuni, e che se fossero indipendenti dalla sua autorità potrebbero approfittarne per opporsi alle sue personali preferenze. Se nei citati esempi non si è rovesciato che con tanti sforzi e tanto tempo, dei poteri manifestamente basati sulla forza sola, e molto men puntellati, a più forte ragione il potere dell'uomo sulla donna, quand'anche non si basasse sopra fondamenti più solidi, dev'essere inespugnabile. Noi rifletteremo altresì che i possessori di questo potere sono assai meglio collocati che gli altri per impedire una ribellione. Qui il suddito vive sotto l'occhio e si può dire sotto la mano del padrone, in una unione assai più intima col padrone che non con qualunque altro compagno di servitù; non vi ha mezzo di complottare contro di lui, nessuna forza per vincerlo neppure sopra un punto solo, e d'altra parte egli ha le più forti ragioni per procurarsene il favore ed evitare di offenderlo. Nelle lotte politiche per la libertà, chi non ha visto i suoi propri partigiani dispersi dalla corruzione e dal terrore? Nella questione delle donne tutti i membri della classe in servitù, sono nello stato cronico di corruzione e di intimidazione combinate. Quando essi inalberino la bandiera della rivolta, la maggior parte dei capi, e sopratutto la maggioranza dei semplici combattenti, debbono fare sagrificio pressochè completo dei piaceri e delle dolcezze della vita. Se un sistema di privilegio e di servitù forzata, ha mai ribadito il giogo sul collo che fa piegare, è questo. Io non ho per anco dimostrato che questo sistema è cattivo: ma chiunque è capace di riflettere sopra questa questione deve vedere che anche cattivo, esso deve durare più che qualsiasi altra forma ingiusta d'autorità: che in un'epoca nella quale le più grossolane esistono ancora presso parecchie nazioni civilizzate, e non furono che da poco tempo distrutte presso altre, sarebbe strano che la più radicata di tutte avesse toccato in qualche punto delle breccie importanti. V'è ben più presto da stupire ch'essa abbia sollevato proteste sì numerosi e sì forti.

Si obbietterà che non è esatto il paragone fra il governo del sesso maschile e le forme d'ingiusta dominazione che abbiamo ricordate, perchè queste sono arbitrarie, mentre quella è naturale. Ma qual dominazione sembra mai contro natura a coloro che la posseggono? Fu un tempo in cui gli spiriti avanzati riguardavano, come naturali, la divisione della specie umana in due parti, una piccola composta di padroni, una numerosa composta di schiavi, e vi vedevano lo stato naturale della razza. Aristotile egli stesso, questo genio che tanto fece pel progresso del pensiero, Aristotile sostenne questa opinione! Egli non ebbe incertezza, non esitò punto; egli la dedusse dalle stesse premesse dalle quali si deduce ordinariamente che la dominazione dell'uomo sulla donna è naturale. Egli opinava che vi erano nell'umanità, uomini di diversa natura, gli uni liberi, gli altri schiavi; che i Greci erano di natura libera, e le razze barbare, i Traci, e gli Asiatici di natura schiava. Eppoi, a che risalire ad Aristotile? Forse che negli Stati Unionisti del Sud, i proprietari di schiavi, non sostenevano la stessa dottrina con tutto il fanatismo che gli uomini impiegano a difendere le loro passioni e legittimare i loro interessi? Non hanno essi chiamato in testimonio il cielo e la terra che la dominazione dell'uomo bianco sul nero è naturale, che la razza nera è naturalmente incapace della libertà e nata per la schiavitù? Taluni non giunsero fino a dire che la libertà dell'uomo che lavora colle sue mani è dovunque contraria all'ordine naturale delle cose? I teorici della monarchia assoluta non hanno essi sempre affermato ch'essa era la sola forma naturale di governo, ch'essa derivava dalla forma patriarcale, tipo primitivo e spontaneo della società, che essa era modellata sull'autorità paterna, forma d'autorità anteriore alla società stessa, e secondo essi la più naturale di tutte? Più ancora, la legge della forza è sempre sembrata, a quelli che non ne avevano un'altra da invocare, il fondamento più naturale dell'autorità. Le razze conquistatrici pretendono che è forma propria della natura che le razze vinte obbediscano alle vincitrici o, per eufemismo, che la razza più debole e la meno guerriera debba obbedire alla più gagliarda e bellicosa. Non è d'uopo conoscere a fondo la vita del Medio Evo per sapere fino a qual punto la nobiltà feudale trovava naturale la sua dominazione sugli uomini plebei, e poco naturale l'idea che una persona di classe inferiore fosse posta sul piede d'eguaglianza con essa, o peggio, esercitasse autorità sopra di lei. La classe subordinata non la pensava altrimenti. I servi emancipati ed i borghesi nel bel mezzo delle lotte più accanite, non hanno mai spinto le loro pretese fino a dividere l'autorità; essi chiedevano unicamente che si riconoscesse qualche limite al potere di tiranneggiarli. Tanto è vero che la frase contro natura vuol dire contro il costume, e niente altro, e che tutto quel che è abituale sembra naturale. La subordinazione della donna all'uomo è un costume universale, una derogazione a questo costume appare dunque affatto naturalmente contro natura. Ma l'esperienza dimostra fin a qual punto il sentimento, qui, dipenda dal costume. Nulla più meraviglia gli abitanti più remoti del globo, quando odono parlare dell'Inghilterra per la prima volta, quanto il sapere che questo paese ha alla sua testa una regina. La cosa sembra loro così contro natura che la stimano incredibile. Gli Inglesi non la reputano per nulla affatto fuor di natura perchè vi sono avvezzi, ma troverebbero fuor di natura che le donne fossero soldati o membri dei parlamento. Nei tempi feudali, al contrario, non si trovava contro natura che le donne facessero la guerra e dirigessero la politica, perchè i casi non ne erano infrequenti. Si credeva naturale che le donne delle classi privilegiate fossero di tempra virile, ch'esse non la cedessero in nulla ai loro padri e mariti, se non era in forza fisica. I Greci non reputavano l'indipendenza delle donne così contraria a natura quanto gli altri popoli antichi, a cagione della favola delle Amazzoni, che credevano storica, e dell'esempio delle donne di Sparta che, sebbene subordinate per legge quanto quelle di tutti gli altri stati della Grecia, erano più libere di fatto, e praticavano gli stessi esercizi ginnastici degli uomini e provavano di non essere sfornite delle qualità che fanno il guerriero. Non v'ha dubbio che l'esempio di Sparta non abbia ispirato a Platone fra l'altre idee anche quella dell'eguaglianza politica e sociale dei sessi.

Se non che, si obietterà che la dominazione dell'uomo sulla donna differisce da tutti li altri generi di dominazione in questo che non impiega la forza: essa è volontariamente accettata; le donne non se ne lagnano e vi si sottomettono di pieno loro consentimento. In prima un gran numero di donne non l'accetta. Dacchè si son viste donne capaci di far conoscere i loro sentimenti cogli scritti, questo solo mezzo di pubblicità che la società loro concede, ve n'ebbe sempre, e ve n'ha ogni giorno di più, per protestare contro la loro attuale condizione sociale. Recentemente, parecchie migliaia di donne, principiando dalle più distinte, hanno diretto al parlamento delle petizioni per ottenere il diritto di suffragio nelle elezioni parlamentari. I reclami delle donne che chiedono una educazione solida ed estesa come quella degli uomini si fanno ogni dì più calzanti, ed il loro successo pare dover essere sicuro. D'altro lato le donne insistono per essere ammesse alle professioni ed alle funzioni che furono loro fino ad oggi negate. Senza, dubbio in Inghilterra, come negli Stati Uniti, non esistono convenzioni periodiche, nè v'è un partito organizzato per far propaganda in favore dei diritti delle donne, ma v'è una società composta di membri numerosi ed attivi organizzata e diretta dalle donne per uno scopo meno radicale, cioè di ottenere il diritto di suffragio. Non è soltanto in Inghilterra ed in America che le donne cominciano a protestare, alleandosi più o meno contro le incapacità che le colpiscono. La Francia, l'Italia, la Svizzera e la Russia ci offrono lo spettacolo di un egual movimento. Chi può contare quante donne nutrono in silenzio le stesse aspirazioni? Vi sono molte ragioni per presumere che queste sarebbero ancora assai più numerose, se non si addestrassero così bene a reprimere queste aspirazioni come contrarie alla parte assegnata al loro sesso. Ricordiamoci che gli schiavi non han mai cercato a tutta prima la loro completa libertà. Quando Simone di Montfort chiamò i deputati dei comuni a sedere per la prima volta in Parlamento, ve n'ebbe forse uno solo che imaginasse di chiedere che un'Assemblea elettiva potesse fare e disfare i ministeri e dettare al re la sua condotta negli affari di Stato? Questa pretesa non entrò mai nei sogni dei più ambiziosi di loro. La nobiltà l'aveva già; ma i comuni non manifestavano altro desiderio che di sottrarsi alle imposte arbitrarie ed alla oppressione brutale degli ufficiali reali. È una legge politica naturale che quelli che subiscono un potere d'origine antica non cominciano mai a lagnarsi del potere in sè stesso, ma solo del modo oppressivo col quale viene esercitato. Vi furono sempre delle donne che si lagnarono dei cattivi procedimenti dei loro mariti; e ve ne sarebbero state ancora molto di più, se la querela non fosse sempre stata la più grave provocazione che si attirava senza fallo un raddoppiamento di mali trattamenti. Non si può in pari tempo mantenere il potere del marito e proteggere la donna contro i suoi abusi; tutti gli sforzi sono inutili; ecco ciò che la rovina. Non v'ha che la donna che, i figli eccettuati, dopo aver provato che ha sofferto un'ingiustizia, sia ricollocata sotto la mano del colpevole. Per cui le donne non osano anche dopo i trattamenti i più odiosi e prolungati, prevalersi di leggi fatte per proteggerle, e se nell'eccesso della loro indignazione, o cedendo a consigli, esse vi ricorrono, non tardano a far di tutto per non isvelare che il meno possibile le loro miserie, per intercedere in favore del loro tiranno, ed evitargli il castigo meritato.

Tutte le condizioni sociali e naturali concorrono a rendere press'a poco impossibile una ribellione generale delle donne contro l'autorità degli uomini. La loro posizione ne è ben diversa da quella delle altre classi di sudditi. I loro padroni ne esigono assai maggiore servitù. Gli uomini non s'appagano dell'obbedienza delle donne. Essi si arrogano un diritto anche sui loro sentimenti. Tutti, i più brutali eccettuati, vogliono avere nella donna che è loro strettamente unita, non una schiava soltanto, ma una favorita. Conseguentemente, essi nulla trascurano per educare il suo spirito al servilismo. I padroni d'altri schiavi, contano sul timore che ispirano essi stessi, o che ispira la religione, per assicurarsi la loro obbedienza. I padroni delle donne vogliono più dell'obbedienza, per cui han rivolto a profitto dei loro disegni tutte le forze dell'educazione. Tutte le donne si allevano dall'infanzia nella credenza che l'ideale del loro carattere è l'antitesi di quello dell'uomo: esse sono educate a non volere da sè medesime, a non condursi dietro la volontà loro, ma a sottomettersi e cedere all'altrui. Ci si dice, in nome della morale che il dovere della donna è di vivere per gli altri, ed in nome del sentimento che la natura lo vuole: s'intende ch'ella faccia abnegazione completa di sè stessa, ch'ella non viva che dei suoi affetti, cioè dei soli affetti che le si permettono dall'uomo al quale è unita, o dai figli che costituiscono fra lei e l'uomo un vincolo novello ed irrevocabile. Che se noi poniamo mente dapprima alla spontanea attrazione che avvicina i due sessi, e poscia alla totale sottomissione della donna all'autorità del marito, dalla grazia del quale ella tutto aspetta, piaceri ed onori, e finalmente alla impossibilità nella quale si trova di cercare e di ottenere l'obietto primario delle umani aspirazioni, l'estimazione, non che tutti gli altri beni sociali, altrimenti che pel tramite di lui, noi ci capacitiamo bentosto, che sarebbe d'uopo di un miracolo, perchè il desiderio di piacere all'uomo non divenisse nell'educazione e nella formazione del carattere della donna una specie di stella polare. Una volta possessori di questo poderoso mezzo d'influenza sullo spirito delle donne, gli uomini se ne sono serviti con un egoismo istintivo, come del mezzo supremo di tenerle soggette. Essi insegnano loro essere la debolezza, l'abnegazione, l'abdicazione di tutte le loro volontà nelle mani dell'uomo come l'essenza il segreto della seduzione femminile. È forse lecito dubitare, che le altre catene che l'umanità ha riescito a spezzare non sarebbero durate fino ai dì nostri se si avesse avuto altrettanta cura di piegarvi gli spiriti? Se si fosse dato per obiettivo all'ambizione di ogni giovinetto plebeo ottenere il favore di qualche patrizio, ad ogni giovine servo quello del suo signore; se divenire il servitore di un grande e dividere i suoi personali affetti ed i suoi onori fossero state le ricompense proposte al loro zelo, se i migliori ed i più ambiziosi avessero potuto aspirare alle più alte distinzioni e ricchi premi, e se una volta questi premi ottenuti, il servo ed il plebeo fossero stati separati da un muro di bronzo da tutti gli interessi che non si concentravano nella persona del padrone, da ogni sentimento, da ogni desiderio, che quelli non fossero che con esso lui dividevano, non vi sarebb'egli stata fra i signori ed i servi, fra i patrizi ed i plebei una distinzione tanto profonda quanto quella degli uomini e delle donne? Tutt'altri che un pensatore avrebbe creduto che questa distinzione fosse un fatto fondamentale ed inalterabile della natura umana.

Le precedenti considerazioni bastano a dimostrare che l'abitudine, per quanto universale, non può decidere per nulla in favore delle istituzioni che assoggettano le donne agli uomini politicamente e socialmente. Se non che io mi spingo più oltre, e pretendo che il corso della storia e le tendenze d'una società in progresso, non solo non arrecano nessuna presunzione in favore di questo sistema di disuguaglianza, ma creano anzi una fortissima presunzione contro di esso; sostengo che, se il cammino del perfezionamento delle istituzioni umane, e la corrente delle tendenze moderne, ci consentono di cavare un'induzione a questo proposito, è la scomparsa inevitabile di questo vestigio del passato che fa ai pugni coll'avvenire.

Infatti qual'è il carattere proprio del mondo moderno? Che cosa distingue le istituzioni, le idee sociali, la vita dei tempi moderni da quella dei tempi trascorsi? Gli è che l'uomo non nasce più nel posto ch'egli occuperà tutta la vita, ch'egli non vi è più incatenato da un vincolo indissolubile, ma ch'egli è libero d'impiegare le sue facoltà, e le circostanze favorevoli, che può incontrare, per formarsi il destino che gli sembra più desiderabile. La società umana era testè costituita sopra altri principii. Ciascuno nasceva in una posizione sociale fissa, ed il maggior numero vi era tenuto per legge, o si trovava privato del diritto di lavorare per sortirne. In quella guisa che l'uno nasce nero e l'altro bianco, l'uno nasceva schiavo, l'altro libero e cittadino, qualcuno nasceva patrizio ed altri plebeo, alcuni nascevano nobili e signori di feudi, altri ignobili e servi. Uno schiavo, un servo, non poteva farsi libero da sè stesso, non poteva divenirlo che per la volontà del padrone. Nella maggior parte delle contrade europee, gl'ignobili non poterono esser capaci di nobilitarsi che sulla fine del Medio Evo ed in seguito all'incremento della regia potenza. Fra i nobili stessi, il primogenito solo era l'erede dei domini paterni e molto tempo trascorse prima che si riconoscesse al padre il diritto di diseredarlo. Nelle classi industriali gl'individui ch'erano nati membri di una corporazione, o che vi erano stati ammessi dai suoi membri potevano, soli, esercitare la loro professione nei limiti imposti alla corporazione, e niuno poteva esercitare una professione, stimata importante, se non nei modi fissati dalla legge; dei manufatturieri furono condannati alla gogna, dietro legale processo, per aver avuto la presunzione di fare i loro affari con metodi perfezionati. Nell'Europa moderna e sopratutto nelle contrade che hanno più progredito, regnano oggi i principii più opposti a queste antiche dottrine. La legge non determina da chi sarà o non sarà condotta una operazione industriale, nè quali procedimenti saranno legali. L'individuo è libero ed arbitro della sua scelta. In Inghilterra si è persino riferito sulle leggi che obbligavano gli artefici a fare un tirocinio; si è convinti, che, in tutte le professioni per le quali è indispensabile un tirocinio, la sua necessità basterà per imporlo. L'antica teoria voleva che si lasciasse il meno possibile all'arbitrio dell'individuo, che tutte le sue azioni fossero possibilmente dirette da un senno superiore, si credeva che lasciato a sè stesso l'individuo volgerebbe al male. Nella moderna teoria, frutto di mille anni d'esperienza, si afferma che laddove l'individuo è solo direttamente interessato, non si cammina mai tanto bene, come lasciandolo a sè stesso, e che l'intervento dell'autorità, altrimenti che per proteggere i diritti altrui, è pernicioso. Si durò lunga pezza prima di venire a questa conclusione, non si è adottata se non quando tutte le applicazioni dell'opposta dottrina ebbero prodotti in copia i loro disastrosi effetti, ma essa prevale oggi finalmente in quasi tutti i paesi avanzati, e quasi dappertutto, per lo meno per quanto concerne l'industria presso le nazioni che hanno la pretesa di progredire. Questo non vuol già dire che tutti i procedimenti siano egualmente buoni, e che tutte le persone siano egualmente idonee a tutto, ma si ammette oggidì, che la libertà che gode ciascun individuo di scegliere da sè, è il mezzo più sicuro di far adottare i metodi migliori e di porre ciascun lavoro nelle mani del più capace. Nessuno crederebbe utile una legge che prescrivesse ai fabbro ferrai d'aver braccia gagliarde. La libertà e la concorrenza bastano, perchè uomini provvisti di braccia gagliarde si trovino per fare dei fabbro ferrai, perchè gli uomini che hanno braccia meno robuste possono guadagnare di più impegnandosi in altre funzioni per le quali sono più atti. Gli è in nome di questa dottrina che si nega all'autorità il diritto di decidere anticipatamente, in base a qualche vaga presunzione, che certi individui non sono atti a certe cose; vi si scorge un abuso di potere. È perfettamente ammesso oggidì che, quand'anche questa presunzione esistesse, essa non sarebbe infallibile. Fosse pur anco fondata sulla generalità dei casi (che potrebbe anche non essere) rimarrebbe sempre un numero di casi pei quali essa non istarebbe, ed allora vi sarebbe ingiustizia pei privati e nocumento per la società ad innalzare barriere che vietano a taluni individui di cavare dalle loro facoltà tutto il meglio che possono pel profitto proprio e per l'altrui. D'altro lato, se l'incapacità è reale, i motivi comuni che reggono la condotta degli uomini basta, in ultima analisi, ad impedire l'incapace di tentare o di persistere nel suo tentativo.

Se questo principio generale di scienza sociale ed economica non è vero; se gl'individui aiutati dall'opinione di quelli che li conoscono non sono giudici migliori della propria vocazione che non le leggi ed i governi; il mondo non porrebbe tempo in mezzo a rinunciarvi per ritornare al vecchio sistema di reggimento e di incapacità. Ma se il principio è vero, dobbiamo adoperare come credendovi, e non decretare che il fatto d'esser nato femmina, piuttosto che maschio, debba decidere della sorte di un individuo per tutta la di lui vita, più che non il fatto d'esser nato nero piuttosto che bianco, o plebeo piuttosto che nobile. Il caso affatto fortuito della nascita non deve escludere alcuno da tutte le posizioni sociali elevate, nè da alcuna rispettabile gestione. Quand'anche ammettessimo che gli uomini siano più atti alle funzioni che sono loro riserbate oggidì, noi potremmo invocare l'argomento che vieta di fare delle categorie d'eligibilità pei membri del Parlamento. Quando la condizione d'eligibilità escludesse, solamente ad ogni dodici anni, un soggetto capace di ben disimpegnare la funzione di deputato, vi sarebbe un danno effettivo, mentre non vi sarebbe, per converso, nessun guadagno dall'esclusione di mille incapaci; se il corpo elettorale è costituito così da permettere la scelta di soggetti incapaci, vi sarà sempre abbondanza di simili candidati. Per tutte le funzioni importanti e difficili il numero dei soggetti capaci di disimpegnarle sarà sempre più scarso del bisogno, quand'anche si lasciasse alla scelta la massima latitudine; ogni restrizione alla libertà della scelta priva la società di qualche probabilità di scegliere un individuo competente che la serva a dovere, senza preservarla dalla scelta di un incompetente.

Oggi nei paesi più avanzati l'incapacità delle donne è l'unico esempio, uno eccettuato, in cui le leggi colpiscono un individuo dalla sua nascita e decretano ch'egli non sarà mai tutta la sua vita durante, autorizzato a concorrere a date posizioni. La sola eccezione è la dignità reale. Vi sono ancora persone che nascono pel trono; niuno può salirvi, a meno di essere della famiglia regnante, ed in questa stessa famiglia, niuno può arrivarvi che per le norme della successione ereditaria. Tutte le altre dignità, tutti gli altri vantaggi sociali sono aperte al sesso maschile tutto intero; parecchi non possono, è vero, essere conseguiti che colle ricchezze, ma tutti hanno diritto di conquistare la ricchezza; e molti arrivati dalle più umili classi la conseguono. La pluralità incontra, è vero delle difficoltà che non possono superarsi che coll'aiuto di propizi accidenti, ma nessun individuo maschio è colpito da legale interdizione; niuna legge, nessuna opinione aggiunge agli ostacoli naturali, un ostacolo artificiale. La sovranità è, come dissi, la sola eccezione, ma ognuno vede che questa eccezione è la sola anomalia del mondo moderno, ch'essa è opposta ai suoi costumi ed ai suoi principi, e non si giustifica che con motivi di straordinaria utilità, che esistono realmente, benchè non tutte le nazioni, nè tutti gl'individui convengano nell'apprezzarli. Se in questa unica eccezione vediamo una suprema funzione sociale sottratta alla competenza e riserbata alla nascita per ragioni maggiori, tutte le nazioni non lasciano però di aderire in fondo al principio ch'esse infrangono nominalmente. Infatti esse circondano questa alta funzione di condizioni evidentemente calcolate per impedire, al soggetto che ostensibilmente la compie, di esercitarla realmente; mentre la persona che l'esercita realmente, il ministro responsabile, non l'acquista che per una competenza dalla quale nessun cittadino, giunto all'età matura, è escluso dall'aspirare. In conseguenza le incapacità, che colpiscono le donne pel solo fatto della loro nascita, sono l'unico esempio d'esclusione che s'incontra nella legislazione. In nessun altro caso, le alte funzioni sociali sono chiuse a qualcuno per una fatalità di nascita che niuno sforzo, e nessun cangiamento può vincere. Le incapacità religiose (che hanno d'altronde quasi cessato d'esistere ed in Inghilterra e sul continente) non chiudono irrevocabilmente una carriera; l'incapace diviene capace convertendosi ad altra confessione religiosa.

La subordinazione sociale delle donne sorge come un fatto isolato, in mezzo alle istituzioni sociali moderne; è una lacuna unica nel loro principio fondamentale; è il solo vestigio d'un vecchio mondo intellettuale e morale demolito dovunque, mal conservato in un punto solo, quello che presenta un interesse più universale. È come se una gigantesca pagoda, od un vasto tempio di Giove Olimpio surgesse al posto che occupa S. Paolo, servendo al culto quotidiano, mentre che intorno a lui le chiese cristiane non s'aprissero che nei giorni festivi. Questa dissonanza fra un fatto sociale unico e tutti gli altri fatti che lo circondano, e la smentita che questo fatto oppone al movimento progressivo, orgoglio del mondo moderno, che ha spazzato via una dopo l'altra tutte le istituzioni improntate dello stesso carattere d'ineguaglianza, dà seriamente da meditare ad un osservatore sulle tendenze dell'umanità. Di là scaturisce contro l'ineguaglianza dei sessi una presunzione prima facie assai più forte di quella che la consuetudine può creare in suo favore nelle presenti circostanze e che basterebbe, sola, a lasciar la questione indecisa, come la scelta fra la repubblica e la monarchia.

Il meno che si possa chiedere si è, che la questione non si consideri pregiudicata dal fatto esistente e dall'opinione regnante, ch'essa rimanga, al contrario, aperta, che la discussione se ne impadronisca e l'agiti sotto il doppio punto di vista della giustizia e della utilità; per questa, come per tutte le altre istituzioni sociali, la soluzione dovrebbe dipendere dai vantaggi che l'umanità, senza distinzione di sesso, potrebbe ritrarne dietro un apprezzamento illuminato. La discussione vuol essere seria; è d'uopo ch'essa vada al fondo e non si appaghi di vedute vaghe e generali. Per esempio non si deve ammettere in principio che l'esperienza ha pronunciato in favore del sistema vigente. L'esperienza non può aver deciso fra due sistemi mentre uno solo dei due fu messo in pratica. Si dice che l'eguaglianza dei sessi non si basa che sulla teoria, ma noi ci ricorderemo che l'idea contraria non ha altra base della teoria. Tutto quel che ci si potrà dire in suo favore in nome dell'esperienza si è, che l'umanità ha potuto vivere sotto questo regime ed acquistare il grado di sviluppo nel quale la vediamo oggi. Ma l'esperienza non dice che questa prosperità non si sarebbe realizzata più presto, o che non si sarebbe sorpassata oggidì se l'umanità non avesse vissuto sotto un altro regime. D'altro lato l'esperienza ci insegna che ciascun passo, nella via del progresso, fu invariabilmente accompagnato dall'elevazione di un grado nella posizione sociale delle donne; il che ha fatto prendere, agli storici ed ai filosofi, il grado d'elevazione, o d'abbassamento delle donne pel migliore e più sicuro criterio e pella più spedita e comoda misura della civiltà di un popolo e di un tempo. Durante tutto il periodo progressista la storia ci mostra la condizione delle donne che va grado grado accostandosi all'eguaglianza con quella dell'uomo. Ciò non prova che l'assimilazione debba procedere fino alla completa eguaglianza; ma fornisce certamente in favore di questa induzione una forte presunzione.

Non giova egualmente nulla il dire che la natura dei sessi li destina alla loro attuale posizione e ve li rende atti. In nome del senso comune, e basandomi sulla costituzione dello spirito umano, io nego che si possa sapere qual'è la natura dei due sessi fino a che si osserveranno nei rapporti reciproci nei quali si trovano oggidì. Se si fossero trovate delle società composte d'uomini senza donne, o di donne senza uomini, o d'uomini e di donne non posti fra loro in rapporti di sovranità e sudditanza, si potrebbe sapere qualche cosa di positivo sulle differenze morali ed intellettuali inerenti alla costituzione dei due sessi. Ciò che si chiama oggi la natura della donna è un prodotto eminentemente artificiale; è il risultato di una compressione forzata in un senso, e di uno stimolo fuor di natura in un altro. Si può arditamente affermare che il carattere dei sudditi non è mai stato così completamente deformato dai rapporti coi loro padroni nelle altre sorta di dipendenza; poichè se razze schiave, o popoli sottomessi dalla conquista furono sotto certi aspetti più energicamente compressi, tutte le loro tendenze che un giogo di ferro non ha schiacciate, se esse hanno avuto qualche agio di svilupparsi, hanno seguito una evoluzione naturale. Ma per le donne, si è sempre adoperato, a sviluppare date attitudini della loro natura, una coltura di serra calda, in vista degli interessi e dei piaceri dei loro padroni. Poscia, vedendo che certi prodotti delle loro forze vitali, germinano e si sviluppano rapidamente, in questa atmosfera riscaldata dove non si risparmia nessuna coltura, mentre altri arbusti della stessa radice, lasciati al di fuori in un'aria d'inverno, e circondati artatamente di ghiaccio, non producono niente e spariscono, gli uomini, coll'incapacità di riconoscere l'opera propria che caratterizza gli spiriti inetti all'analisi, si figurano senz'altro, che la pianta cresca spontaneamente in quella maniera colla quale la si fa crescere, e ch'essa morrebbe se non se ne tenesse la metà in un bagno a vapore e l'altra metà nella neve.

Fra tutte le difficoltà che si oppongono al progresso delle idee ed alla formazione di giusti criteri sulla vita e le sociali istituzioni la massima, è l'ignoranza inesprimibile e l'indifferenza generale sulle influenze che formano il carattere dell'uomo. Dacchè una parte della umanità è, o sembra essere in una data maniera, comunque sia questa maniera, si suppone ch'essa ha una naturale tendenza ad essere così, quand'anche la conoscenza la più elementare delle circostanze, nelle quali è stata situata, accenni chiaramente alle cause che l'hanno fatta quale la vediamo. Perchè un affittaiuolo irlandese arretrato nel pagamento dei suoi affitti non è assiduo al lavoro v'hanno taluni che opinano che gl'Irlandesi sono naturalmente indolenti. Perchè in Francia le costituzioni possono essere rovesciate quando le autorità costituite per farle rispettare rivolgono le armi contro di esse, vi son taluni che credono che i Francesi non sono fatti per un governo libero. Perchè i Greci ingannano i Turchi che saccheggiano i Greci senza pudore, v'è gente che stima essere i Turchi più leali dei Greci. Perchè si dice spesso che le donne in politica non pongono attenzione che ai personaggi, si suppone essere una disposizione naturale del loro spirito d'interessarsi meno degli uomini al bene generale. La storia meglio compresa oggi che altre volte c'insegna altrimenti: essa ci dimostra la estrema suscettibilità della natura umana a subire l'influenza delle cause esteriori e l'eccessiva mobilità di ciò stesso che presso di lei è tenuto per costante ed universale. Ma nella storia, come nei viaggi, gli uomini non vedono, d'ordinario, se non ciò di cui hanno già pieno lo spirito, e non vi si impara generalmente nulla, se prima di studiarvi non se ne sa già di molto. Ne risulta che su questa difficile questione di sapere quali sono le naturali differenze dei due sessi, sulla quale nel presente stato sociale, è impossibile d'acquisire conoscenza esatta e completa, quasi tutto il mondo dogmatizza senza ricorrere alla luce che può, sola, rischiarare l'argomento, lo studio analitico del capitolo più importante della psicologia: le leggi che reggono l'influenza delle circostanze sul carattere. Infatti, per quanto grandi ed incancellabili sembrino le intellettuali e morali differenze fra l'uomo e la donna, la prova che queste differenze sono naturali non può essere che negativa. Non si debbono considerare come naturali se non quelle che non possono in verun modo essere artificiali; il che ci apparirà quando si saranno sottratti tutti i particolari che nell'un sesso e nell'altro possono spiegarsi coll'educazione e le circostanze esteriori. È d'uopo possedere la più approfondita cognizione delle leggi della formazione del carattere per aver diritto d'affermare che v'ha una differenza, ed a più forte ragione per dire quale è la differenza che distingue i due sessi dal punto di vista intellettuale e morale. Niuno finora possiede questa scienza; poichè non v'ha argomento che sia stato, relativamente alla sua importanza, meno studiato, e quindi niuno ha diritto di avere intorno ad esso una opinione positiva. Tutto ciò che ci è permesso è di fare delle congetture più o meno probabili, più o meno legittime, secondo la cognizione che abbiamo delle applicazioni psicologiche alla formazione del carattere.

Se, abbandonando le origini delle differenze, noi domandiamo, in che cosa esse consistono, si ottiene ben poca cosa. I medici ed i fisiologi hanno constatato fino ad un certo punto delle differenze nella costituzione fisica, ed è questo un fatto grave pel psicologo, ma è raro trovare un medico che sia psicologo. Le loro osservazioni sui caratteri mentali della donna non hanno maggior portata di quelli della comune degli uomini. È un punto sul quale nulla si saprà di definitivo, fino a che le persone che possono, sole, conoscerlo, le donne stesse cioè, non daranno che indizi insignificanti, e peggio, degli indizi suggeriti. È agevole cosa conoscere una donna stupida; la stupidità è dappertutto la stessa. Si possono congetturare i sentimenti e le idee dalla cerchia nella quale vive. Non è così delle persone i cui sentimenti ed idee sono il prodotto delle loro proprie facoltà. V'è tutt'al più, qua e là, un uomo che conosce passabilmente il carattere delle donne della sua famiglia, senza nulla sapere delle altre. Delle loro attitudini non parlo; nessuno le conosce, neppure loro stesse, perchè per la massima parte non furono mai messe in gioco. Io non parlo che delle loro idee e sentimenti attuali. Vi sono degli uomini che credono conoscere perfettamente le donne perchè furono in relazione galante con parecchie di loro, forse con molte. Se dessi sono fini osservatori e se la loro esperienza unisce la qualità alla quantità, essi hanno potuto imparare qualche cosa sopra un lato del carattere delle donne che non è senza importanza. Ma pel rimanente essi sono i più ignoranti degli uomini, perchè ve n'ha ben pochi, pei quali, questo rimanente non sia accuratamente dissimulato. Il soggetto sul quale l'uomo può studiare più favorevolmente il carattere delle donne è la sua propria moglie; le occasioni sono più propizie, ed i casi di una perfetta simpatia fra due sposi non sono introvabili. Infatti tutto ciò che sull'argomento vale la pena d'essere conosciuto deriva da questa sorgente. Ma la maggior parte degli uomini non ha potuto studiare così più di una donna, per cui si può con ridevole esattezza indovinare il carattere di una donna quando si conoscono le opinioni del marito sulla generalità delle donne. Per trarre da questo caso unico qualche risultato bisogna che quella donna valga la pena d'essere conosciuta, e che l'uomo sia, non solo giudice competente, ma ch'egli abbia ancora un carattere simpatico e sì ben adatto a quello della moglie, ch'egli possa leggere nello spirito di lei con una sorta d'intuizione, e che ella non senta nessun imbarazzo a fargli conoscere il fondo dei suoi sentimenti. Nulla è, forse, più raro che una tale combinazione. V'è spesso fra la donna ed il marito una consonanza perfetta di sentimenti e comunanza di vedute quanto alle cose esteriori, e tuttavia, l'uno non penetra più addentro nelle viste dell'altro che se fossero semplici conoscenti. Quand'anche un affetto vero li unisca, l'autorità da un lato e la subordinazione dall'altra impediscono che si stabilisca una confidenza completa. Può darsi che la donna non abbia l'intenzione di dissimulare, ma v'hanno di molte cose ch'ella non lascia tuttavia trapelare. Fra i genitori ed i figli si può constatare un fatto analogo. Malgrado l'affetto reciproco che unisce realmente il padre ed il figlio, accade spesso, a saputa di tutti, che il padre ignora, e neppure imagina, certi lati del carattere di suo figlio, mentre i colleghi e gli eguali del figlio li conoscono perfettamente. Fatto sta che quando si è in diritto di aspettare da un altro della deferenza, si è molto mal collocati per trovare in lui una perfetta sincerità ed una franchezza completa. Il timore di perdere nell'estimazione o nell'affetto della persona che si riguarda con rispetto è tale, che ad onta di un carattere lealissimo s'inclina, senza avvedersene, a non mostrargli che il lato, se non più bello, almeno più grato ai suoi occhi: si può dire con sicurezza che due persone non possono avere l'una dell'altra una perfetta conoscenza, che a patto di essere non solo intime ma eguali. A più forte ragione è impossibile giungere a conoscere una donna soggetta all'autorità coniugale, alla quale si è insegnato che il suo dovere consiste nel subordinare tutto al benessere ed al piacere del marito, ed a non lasciargli vedere in lei nulla che non sia piacevole. Tutte queste difficoltà fanno sì che un uomo non possa giungere che imperfettamente a conoscere l'unica donna ch'egli sarebbe a portata di studiare seriamente. Se per sovrappiù si considera che conoscere una donna non è conoscerne necessariamente un'altra; che, laddove anche potessimo studiare le donne di un dato rango e di un dato paese, non comprenderemmo ancora le donne d'un altro rango e d'un altro paese; che quand'anche giungessimo a questo non conosceremmo ancora che le donne di un sol periodo storico; noi ci sentiamo in diritto di affermare che l'uomo non ha potuto acquistare della donna, tal quale è stata e tal quale è, senza preoccuparmi di ciò che potrebbe essere, che una cognizione incompleta e superficiale, e che non potrà acquistarne di più finchè le donne stesse non ci avranno detto tutto quel che hanno da dirci.

Quest'ora non verrà e non può venire che lentamente. È da ieri soltanto che le donne hanno acquistato pel loro talento letterario, o pel permesso della società il diritto di dirigersi al pubblico. Fino ad oggi poche donne avevano osato dire ciò che gli uomini, dai quali dipende il loro successo letterario, non vogliono udire. Ricordiamoci, in qual modo fino a questi ultimi giorni era accolta l'espressione di sentimenti stimati eccentrici, o di opinioni poco diffuse, quando l'autore era un uomo. Vediamo come ancora la si accoglie, ed avremo una debole idea degli ostacoli che ha davanti a sè una donna allevata nell'idea che la consuetudine e l'opinione debbono essere le supreme norme della sua condotta, quando ella vuol mettere in un libro un po' di quel ch'ella cava dal fondo dell'anima sua. La donna più illustre, che abbia lasciato opere abbastanza belle per darle un posto eminente nella letteratura del suo paese, ha creduto necessario di mettere questa epigrafe al suo lavoro più ardito: «Un uomo può affrontare l'opinione; una donna deve sottomettervisi». La massima parte di ciò che le donne scrivono non è che adulazione per gli uomini. Se la donna che scrive non è maritata, ella non sembra scrivere che per trovare un marito. Molte donne vanno più oltre: esse diffondono sulla soggezione del loro sesso delle idee il cui servilismo sorpassa i desiderii d'ogni uomo, eccettuati i più volgari. Oggi è vero, ciò non accade più con quella frequenza. Le donne si fanno coraggio ed osano affermare i loro veri sentimenti. In Inghilterra sopratutto, il carattere delle donne è un prodotto così artificiale, che i loro sentimenti si compongono di un piccol numero di osservazioni e d'idee personali, miste ad un gran numero di pregiudizii ricevuti. Questo stato di cose si cancellerà di giorno in giorno, ma persisterà in gran parte finchè le nostre istituzioni non autorizzeranno le donne a sviluppare la loro originalità liberamente al par dell'uomo. Allora e non prima, noi intenderemo e quel che è più, vedremo tutto che ci bisogna imparare per conoscere la natura delle donne, e sapere come le altre cose le si confanno.

Se ho insistito così a lungo sulle difficoltà che impediscono agli uomini d'acquistare una cognizione vera della reale natura delle donne, gli è perchè su questo punto al par che in molti altri, opinio copiæ inter maximas causas inopiæ est, e che v'è poca probabilità di acquistare su questo proposito delle idee ragionevoli, fino a che si lusingherà di capire perfettamente ciò che la pluralità degli uomini ignora del tutto, e che è oggi impossibile a ciascun uomo in particolare ed a tutti gli uomini presi insieme di conoscerne abbastanza da arrogarsi il diritto di prescrivere alle donne la loro vocazione. Fortunatamente non è d'uopo d'una cognizione così completa per regolare le questioni relative alla posizione delle donne in società; poichè, secondo tutti i principi costitutivi della società moderna, tocca alle donne stesse a regolarle, tocca a loro modificarle dietro la loro propria esperienza e coll'aiuto delle loro proprie facoltà. Non v'è altro mezzo di capire quel che un individuo o molti possono fare; che ponendoli all'opera e lasciandoli fare; niuno può mettersi al loro posto per iscovrire ciò ch'esse debbono fare, o quel da cui debbono astenersi pel loro meglio.

Noi possiamo tranquillizzarci perfettamente sopra questo, che nessuno farà fare alle donne quello a cui esse ripugnano, dando loro intera libertà. L'umanità non guadagna, nè vuol saperne di sostituirsi alla natura per timore ch'essa non riesca a toccare il suo scopo. È affatto superfluo di vietare alle donne ciò che la loro costituzione loro vieta. La concorrenza basta per proibir loro tutto quel che non possono far tanto bene quanto gli uomini, loro naturali competitori, poichè non si chiede già in loro favore nè primato, nè dritti protettori; tutto quel che si domanda è l'abolizione del primato e dei diritti protettori di cui godono gli uomini. Se le donne hanno pronunciata inclinazione ad una data cosa più che ad un'altra, non v'è bisogno di leggi nè di pressioni sociali perchè la pluralità delle donne si dia alla prima anzichè alla seconda. La funzione più cercata dalle donne sarà sempre, checchenessia, quella stessa che la libertà della concorrenza le stimolerà più vivamente ad intraprendere; e, come lo stesso senso della parola significa, esse saranno più cercate per le operazioni per le quali manifestano maggiore idoneità: in guisa che quel che si sarà fatto in favor loro non farà che guarentire alle collettive facoltà dei due sessi l'impiego più vantaggioso.

Nell'opinione generale degli uomini si pretende che la naturale vocazione delle donne sia il matrimonio e la maternità. Dico, si pretende, perchè a giudicarne dal complesso dell'attual costituzione della società, si potrebbe inferirne che l'opinione è diametralmente l'opposta. A ben considerare, gli uomini sembrano credere che la pretesa vocazione delle donne è quella che più ripugna alla loro natura; che se esse avessero libertà di fare tutt'altro, se loro si lasciasse un mezzo tollerabile d'impiegare il loro tempo e le loro facoltà, il numero di quelle che accetterebbero la condizione che si dice esser loro naturale sarebbe insufficiente. Se questa è l'opinione degli uomini sarebbe bene confessarla. Senza dubbio questa teoria è in fondo di tutto ciò che ho scritto in argomento, ma vorrei veder qualcheduno confessarlo apertamente, e dirci: «È necessario che le donne si maritino e facciano figli. Esse non lo farebbero se non vi fossero forzate. Dunque bisogna forzarle». Alla buon'ora si vedrebbe allora il nodo della questione. Questo linguaggio avrebbe una somiglianza evidente con quello tenuto dai difensori della schiavitù nella Carolina del Sud e nella Luisiana. «È necessario, dicevano, coltivare lo zucchero ed il cotone. I bianchi non possono, i negri non vogliono, dunque bisogna costringerli». Un altro esempio che calza egualmente a capello, è l'arrolamento forzato dei marinai che si giudicava assolutamente necessario per la difesa del paese. «Accade spesso, si diceva, ch'essi non vogliono arrolarsi volontariamente, dunque è necessario che noi abbiamo il potere di forzarli». Quante volte si è ragionato così! Se non vi fosse stato un certo vizio in questo ragionamento, esso avrebbe trionfato fino ad oggi. Ma si poteva rispondere: «cominciate dal pagare ai marinai il valore del loro lavoro, e quando l'avrete reso presso di voi tanto lucrativo quanto presso altri imprenditori, voi non durerete maggior fatica di loro ad ottenere il vostro bisogno». A questo, non era possibile altra risposta logica che: «noi non vogliamo»; e siccome oggi si arrossisce di rubare al lavorante il suo salario, e che si è finito di volerlo rubare, l'arrolamento forzato non ha più difensori. Quelli che pretendono forzare la donna al matrimonio, chiudendole ogni altra sortita, si espongono ad una simile risposta. S'essi pongono mente a quel che dicono, la loro opinione significa che gli uomini non rendono il matrimonio abbastanza attraente alle donne, per sedurle coi vantaggi che presenta. Non si ha l'aria di aver grand'opinione di quel che si esibisce, quando si dice offrendolo: «Prendete questo o non avrete niente». Ecco, secondo me, ciò che spiega perchè certi uomini sentono una vera antipatia per la libertà e l'eguaglianza delle donne. Essi temono, non già che le donne non vogliano maritarsi (non credo che uno solo provi realmente questa apprensione) ma piuttosto che le donne cerchino nel matrimonio condizioni d'eguaglianza; essi temono che le donne di talento e di carattere, non preferiscano fare tutt'altro, che non sembri loro degradante, piuttosto che maritarsi se, maritandosi, esse non fanno che darsi un padrone, e dargli tutto quel che possedono sulla terra. Davvero, se questa conseguenza è un accessorio obbligato del matrimonio, credo che l'apprensione sia molto fondata, e la divido: mi par probabilissimo che ben poche donne, capaci di tutt'altra cosa, preferirebbero, a meno che una irresistibile attrazione le acciechi, scegliere una sorte così indegna, se avessero a loro disposizione altri mezzi di occupare in società un posto onorevole. Se gli uomini sono disposti a sostenere che la legge del matrimonio dev'essere il dispotismo, essi fanno perfettamente bene i loro interessi non lasciando alle donne altra scelta da quella di cui parlavamo. Ma allora tutto quel che si è fatto nel mondo moderno per alleggerire le catene che gravitano sullo spirito della donna è stato un errore. Non bisognava mai dar loro una istruzione letteraria. Donne che leggono, ed a doppia ragione, donne che scrivono sono, nello stato attuale, una contraddizione ed un elemento perturbatore: si ha avuto torto d'insegnare alle donne altra cosa oltre la loro parte di odalisca o di ancella.

II

Giova ora entrare nella discussione dei particolari della questione movendo dal punto in cui siamo arrivati, la condizione che le leggi aggiungono al contratto matrimoniale. Siccome il matrimonio è il destino che la società forma alle donne, l'avvenire al quale si educano, e la meta alla quale s'intende che tutte camininino, quelle eccettuate che non hanno sufficienti attrattive perchè un uomo possa scegliere fra esse la compagna della sua vita, v'è luogo a credere che si è fatto di tutto per rendere questa condizione più desiderabile che sia possibile, affinchè le donne non abbiano alcuna ragione di rammaricarsi di non aver potuto sceglierne un'altra. Niente affatto: la società in questo caso, come in tutti gli altri, ha preferito giungere al suo fine con mezzi vergognosi piuttosto che con mezzi onesti. È il solo caso nel quale essa abbia in fondo persistito quei suoi traviamenti. Nel principio si prendevano le donne per forza, oppure il padre le vendeva al marito. Da poco tempo ancora in Europa un padre avea diritto di disporre di sua figlia e maritarla, senza riguardo ai suoi sentimenti. La Chiesa rimaneva ancora abbastanza fedele ad una morale superiore per esigere un sì formale dalla donna al momento del suo matrimonio; ma questo non provava per nulla che il consenso non fosse forzato; era affatto impossibile ad una giovinetta ricusare al padre obbedienza s'egli persisteva nell'esigerla, a meno di ottenere la protezione della religione colla ferma risoluzione di pronunciare i voti monastici. Una volta marito, l'uomo, aveva altre volte (avanti al cristianesimo) diritto di vita e di morte sulla moglie. Ella non poteva invocare la legge contro di lui; egli era l'unico suo giudice e la sola sua legge. Per lunga pezza egli potè ripudiarla, mentre ella non aveva contro di lui lo stesso dritto. Nelle vecchie leggi inglesi, il marito si chiama signore di sua moglie, egli era, alla lettera, considerato come suo Sovrano, in guisa che l'omicidio di un uomo per fatto di sua moglie si chiamava tradimento (basso tradimento per distinguerlo dall'alto tradimento) ed era vendicato più atrocemente che il delitto d'alto tradimento, dacchè la pena era d'esser bruciata viva. Dappoichè queste orridezze sono cadute in disuso (poichè per la maggior parte non sono abolite, o non lo furono che lungo tempo dopo esserne cessata l'applicazione) si suppone che tutto è per lo meglio nel patto matrimoniale qual'è oggigiorno, e non si cessa di ripetere che la civiltà ed il cristianesimo hanno ristabilito la donna nei suoi giusti diritti. Non è però men vero che la sposa è realmente la schiava del marito non meno, nei limiti dell'obbligazione legale, che gli schiavi propriamente detti. Ella giura all'altare una obbedienza di tutta la vita al marito, e vi è tenuta, per legge, tutta la vita. I casisti diranno che questa obbedienza ha un confine, ch'essa si arresta là dove la donna diverrebbe complice di un delitto, ma si estende a tutto il rimanente. La donna non può far nulla senza il permesso, almeno tacito, del marito. Ella non può acquisire dei beni che per lui; dal punto che ella acquista una proprietà, foss'anche per successione ereditaria, dessa è ipso fatto proprietà di lui. In questo la situazione fatta alla donna dalla legge inglese, è peggio che quella degli schiavi dietro i codici di molti paesi. Nella legge romana per esempio, lo schiavo poteva possedere, in proprio, un piccolo peculio, che gli era fino ad un dato punto guarentito dalla legge pel suo uso esclusivo. Le classi elevate d'Inghilterra hanno dato alle donne dei vantaggi analoghi mediante contratti speciali, che deludono la legge, stipulando per la donna la libera disposizione di date somme. Siccome i sentimenti paterni la vincono nei padri sullo spirito di corpo del loro sesso, un padre preferisce generalmente la figlia al genero, che gli è straniero. I ricchi cercano di sottrarre, con disposizioni ad hoc, in totalità od in parte, i beni patrimoniali della donna alla direzione del marito, ma non riescono a metterli sotto la direzione della donna. Tutto quel che possono ottenere è d'impedire al marito di sciuparli; ma il legittimo proprietario è sempre privato del libero uso dei suoi beni. La proprietà resta fuori dall'amministrazione dei due sposi, ed il reddito è ricevuto dalla donna, non dal marito, dietro le disposizioni più favorevoli alla donna, il che si chiama il regime della separazione. Se non che, se è d'uopo che il reddito passi per le mani della moglie, il marito può tuttavia strapparglielo colla violenza, della quale non deve rendere nessun conto, nè è passibile di castigo, nè può essere forzato in verun modo a restituirlo. Tale è la protezione che le leggi dell'Inghilterra permettono ai membri della più alta nobiltà di dare alle loro figlie contro i loro mariti.

Nell'immensa maggioranza dei casi non v'è disposizione legale speciale; il marito assorbe tutto, i diritti, le proprietà, la libertà della donna. Il marito e la moglie non costituiscono che una sola persona legale; il che vuol dire che tutto quel che è della moglie è del marito, ma senza la reciprocità, tutto quel che è del marito è della moglie: quest'ultima massima non si applica all'uomo, se non per altro che per renderlo responsabile verso altrui delle azioni della sua moglie, come un padrone dell'operato dei suoi schiavi o del suo bestiame. Io sono ben lontano dal disconoscere che le donne sono in generale meglio trattate che non gli schiavi: ma non vi è schiavo la cui schiavitù vada così lungi quanto quella della donna. È raro che uno schiavo, a meno d'essere attaccato alla persona del padrone, sia schiavo a tutte l'ore ed in tutti i minuti: in generale, questi ha come il soldato il suo compito fisso; questo compito eseguito e fatto il suo servizio egli dispone fino ad una certa misura del suo tempo: ed ha una vita domestica nella quale il padrone penetra di rado. Lo Zio Tom, sotto il suo primo padrone aveva la sua famiglia in sua casa, quanto un operaio che lavora al di fuori può avere nel suo domicilio; non è altrettanto della sposa. Anzitutto; una donna schiava gode d'un diritto riconosciuto (nei paesi cristiani) v'è anzi per lei un dovere morale di negare i suoi ultimi favori al suo padrone: non è così della sposa; per quanto brutale e tiranno sia l'uomo al quale è incatenata, benchè se ne sappia odiata, ch'egli goda di torturarla di continuo, sebbene ella non possa assolutamente vincere una profonda avversione per lui, questo brutale può esigere da lei ch'ella si sottoponga all'ultima degradazione alla quale un essere umano possa discendere, forzandola a farsi suo malgrado lo strumento di una funzione animale. Se non che mentre ella è soggetta colla sua persona alla peggiore delle schiavitù, qual è la sua posizione verso i figli, oggetti di comune interesse per lei e pel suo padrone? In legge i figli sono del marito: egli solo ha sopra di loro dei dritti legali: ella non può far nulla per essi, nè intorno ad essi, senza esservi delegata dal marito; e perfino dopo la morte del marito, la donna non è la custode legale dei suoi figli, a meno ch'egli non l'abbia espressamente designata; egli poteva separarli da lei, impedirle di vederli, vietarle di corrispondere con essi, fino ad un'epoca recente in cui questo potere fu ristretto dalla legge. Ecco lo stato giuridico della donna, ella non ha mezzo di sottrarvisi: se ella abbandona il marito, ella non può portar nulla con lei, nè i suoi figli, nè alcuna cosa che sia pure di sua legittima proprietà: s'egli lo vuole, può in nome della legge costringerla a ritornare, può impiegare perciò la forza fisica, o limitarsi ad impadronirsi, per proprio uso e consumo, di tutto quello che ella può guadagnare o che le può essere fornito dai suoi parenti. Non v'è che un decreto giudiziario che possa autorizzarla a vivere separata, dispensarla dal rientrare sotto la guardia d'un carnefice esasperato, e farle facoltà d'applicare ai suoi propri bisogni i guadagni ch'ella può fare, senza il timore che un uomo, ch'ella non ha visto da vent'anni forse, le venga sopra, un bel giorno, a rapirle tutto quel che possiede. Fino a questi ultimi tempi le corti di giustizia non potevano decretare queste separazioni che al prezzo di spese enormi il che le rendeva inacessibili alli individui che non appartenevano ai più alti ranghi sociali. Oggi ancora la separazione non è accordata che pel caso d'abbandono, o per gli ultimi eccessi di cattivi trattamenti; e ancora si deplora ogni giorno ch'essa sia accordata troppo facilmente. Certamente, se la donna non ha che un destino per tutta la vita, quello d'essere la schiava di un despota, se tutto per lei dipende dal trovare uno che faccia di lei la sua favorita piuttosto che una sofferente, è un atroce aggravamento della sua sorte quella di non poter tentarla che una sola volta. Dappoichè tutto, nella vita, per lei dipende dal caso fortuito di trovare un buon padrone, sarebbe necessario ch'ella avesse il dritto di cangiare, eppoi ancora cangiare, fino a ch'ella l'avesse trovato. Non intendo dire che si debba conferirle questo privilegio. È un'altra questione. Non intendo entrare nella questione del divorzio, colla libertà d'un nuovo matrimonio. Mi limito a dire, adesso, che per quelli che non hanno altro destino che la servitù non v'ha altro mezzo di mitigazione di rigore, ed ancora è ben insufficiente, quello, cioè, di scegliersi liberalmente il loro padrone. Il diniego di questa libertà, completa l'assimilazione della donna allo schiavo, ed allo schiavo nella più dura servitù, poichè vi furono codici che in certi casi di dure sevizie accordavano allo schiavo, il diritto di costringere legalmente il padrone a venderlo. Ma in Inghilterra non v'è sevizia, per quanto ripetuta e grave, eccettuato che l'adulterio del marito venga ad aggravarla, che possa liberare una donna dal suo carnefice.

Io non voglio esagerare, nè ho bisogno di farlo. Ho descritto la condizione giuridica della donna, non il trattamento che le è realmente fatto. Le leggi della pluralità dei paesi sono peggiori delle persone che le applicano, e molte leggi debbono la loro durata all'infrequenza della loro applicazione. Se la vita coniugale fosse tutto quel che può essere, al punto di vista legale soltanto, la società sarebbe un inferno sulla terra. Fortunatamente, vi sono contemporaneamente dei sentimenti e degli interessi che presso molti uomini escludono, e presso la maggior parte moderano, gli impulsi e le tendenze che conducono alla tirannia: di tutti questi, il vincolo che unisce il marito a sua moglie è incorporabilmente il più forte; il solo che se ne avvicina, quello che attacca il padre ai suoi figli, tende sempre a restringere il primo non mai a rallentarlo. Ma perchè le cose vanno di questo passo, perchè gli uomini non fan subire alle donne tutti i martirii che potrebbero infligger loro, se usassero del pieno potere che hanno di tiranneggiarle, i difensori della forma attuale di matrimonio, s'immaginano che tutto quello che ha d'iniquo è giustificato, e che i lamenti che se ne fanno non sono che vane recriminazioni a proposito di un male largamente compensato dal bene. Ma i temperamenti che la pratica concilia, con la conservazione severa di una data forma di tirannia, in luogo di farne l'apologia, non servono che a dimostrare la forza colla quale la natura umana reagisce contro le istituzioni più vergognose, e la vitalità colle quali i sensi del bene, commisti a quelli del male, nella umana tempra si diffondono e propagano. Tutto quanto si può dire del dispotismo domestico, vale pel dispotismo politico. Tutti i re assoluti non si mettono mica al balcone per ricrearsi coi gemiti dei loro sudditi che si torturano, non tutti li spogliano degli ultimi brandelli delle loro vesti per mandarli poi a gelare sulla pubblica via. Il dispotismo di Luigi XVI non era quello di Filippo il Bello, di NadirSchah o di Calligula, ma era abbastanza cattivo per ispiegare la rivoluzione francese e farne scusare fino ad un certo punto gli orrori. Indarno si invoca il possente attaccamento di alcune mogli pei loro mariti; si potrebbero anche citare degli esempii cavati dalla schiavitù domestica. Nella Grecia, come a Roma, non era infrequente il caso di schiavi che perivano nei tormenti anzichè tradire i loro padroni. Durante le proscrizioni che seguirono le guerre civili dei romani si è notato che le donne e gli schiavi erano fedeli fino all'eroismo, mentre i figli sovente erano traditori. E tuttavia sappiamo con quanta crudeltà i romani trattavano i loro schiavi. Ma si può con ogni verità asseverare che, questi pronunciatissimi sentimenti individuali non raggiungono la loro massima bellezza altrove che sotto le istituzioni più atroci. È l'ironia della vita, che i più energici sentimenti di riconoscenza e di devozione, di cui la natura umana sia suscettibile, si sviluppino in noi verso quelli che, potendo annichilare la nostra terrena esistenza, se ne astengono. Sarebbe crudeltà l'indagare qual posto occupa spesso questo sentimento nella stessa devozione religiosa. Abbiamo sovente opportunità di osservare che ciò che sviluppa maggiormente la riconoscenza degli uomini verso Dio è la vista di quei loro simili, per i quali Egli non si è mostrato benigno quanto a loro stessi.

Qualunque sia l'istituzione dispotica che si vuol difendere, la schiavitù, l'assolutismo politico, o l'assolutismo domestico, si pretende costantemente che sia giudicato sugli esempi più favorevoli. Ci si spiegano dinnanzi quadri edificanti nei quali, la tenerezza della sommissione risponde alla sollecitudine dell'autorità, nei quali un savio padrone dispone tutto per il bene e per il meglio dei subordinati, e vive circondato di benedizioni. Tutto questo sarebbe a proposito, se noi pretendessimo sostenere che non vi siano uomini onesti. Chi mai pone in dubbio che il governo assoluto di un uomo virtuoso non possa produrre una somma di felicità pei governati, e trovare in questi una immensa gratitudine? Ma le leggi sono fatte, e debbono farsi, in vista degli uomini cattivi. Il matrimonio non è una istituzione fatta per un piccol numero di eletti. Non si domanda all'uomo, prima del matrimonio, se si possa guarentirsi ch'egli eserciterà nei debiti onesti modi, il potere assoluto. I vincoli d'affetto e di dovere che uniscono il marito alla moglie ed ai figli sono fortissimi, per coloro che sentono fortemente la responsabilità, ed anche per un gran numero di quelli che non sono guari sensibili agli altri doveri sociali. Ma vi sono tutte le gradazioni di misura nel sentimento di questi doveri, come si trovano tutti i gradi di bontà e di scelleraggine, discendendo fino agli individui che nulla rispettano e sui quali la società non ha che l'ultima ratio, le penalità decretate dalla legge. In tutti i gradi di questa scala discendente vi sono uomini investiti dei poteri assoluti e legali del marito. Il più vile malfattore ha una donna infelice, sulla quale può commettere tutte le atrocità, salvo l'assassinio, e s'egli è destro, può anche farla perire senza incorrere castigo legale. Quante migliaia d'individui vi sono nelle basse classi d'ogni paese, che senza essere malfattori al punto di vista della legge, perchè le loro prepotenze incontrano dappertutto degli ostacoli, si abbandonano a tutti gli eccessi della violenza sulla misera donna, che sola, coi suoi figli, non può nè respingere la loro brutalità, nè sottrarvisi! L'eccesso della dipendenza in cui la donna è ridotta, ispira a queste nature ignobili e selvagge, non già generosità e sentimento d'onore di ben trattare colei la cui sorte è tutta affidata alla loro benevolenza, ma al contrario ispira loro l'idea che la legge l'ha data in loro balia, come una cosa, per usarne a discrezione, e li ha dispensati verso di lei dai riguardi che debbono alle altre persone. La legge che, ancora recentemente, non tentava neppur quasi di punire questi uggiosi eccessi d'oppressione domestica, ha fatto in questi ultimi anni, dei deboli sforzi per reprimerli. Essi diedero pochissimi risultati, e non si deve aspettarsene di più, perchè è contrario alla ragione ed all'esperienza che si possa metter freno alla brutalità lasciando la vittima nelle mani del carnefice.

Fino a che una condanna per vie di fatto, o se si vuole per una recidiva, non darà alla donna, ipso facto, diritto al divorzio, od almeno alla separazione giudiziaria, tutti gli sforzi per reprimere le «sevizie gravi» con penalità, rimarranno senza effetto, per mancanza d'un querelante e d'un testimonio.

Che se si considera il numero immenso di uomini, che, in tutti i paesi, non s'innalzano guari al disopra dei bruti, se si pensa, che nulla impedisce loro di entrare, per mezzo del matrimonio, in possesso di una vittima, si vedrà quale spaventoso abisso di miseria si scava, sotto questa sola forma. Tuttavia non sono questi che i casi estremi, le ultime voragini, ma prima di arrivarvi, quante tetre gole in sul pendio! Nella tirannia domestica al par che nella politica, i mostri provano quanto valga l'istituzione: da essi s'impara che non v'è orrore che non si possa commettere sotto questo regime se il despota vuole, e si calcola con esattezza la spaventosa frequenza dei delitti meno atroci. I demonii sono rari nella specie umana al par degli angeli, più rari forse; ma è frequentissimo di vedere feroci selvaggi suscettibili di accessi di umanità; e negl'intervalli che li separano dai nobili rappresentanti dell'umana specie, quante forme, quante gradazioni nelle quali la bestialità e l'egoismo si nascondono sotto una vernice di civiltà e di coltura! Gl'individui vi vivono in pace colle leggi; essi si presentano con un'esteriore rispettabile a tutti quelli che non sono in loro potere; ma hanno però abbastanza cattiveria da rendere, a quelli che vi sono, intollerabile la vita. Sarebbe noioso ripetere qui tutti i luoghi comuni sull'incapacità degli uomini in generale all'esercizio del potere; dopo secoli di politiche discussioni, tutti li sanno a memoria, ma niuno pensa ad applicare queste massime al caso al quale calzano, più che a tutti gli altri, ad un potere che non è affidato ad un uomo od a parecchi, ma a tutti gli adulti del sesso maschile fino al più vile, ed al più feroce. Poichè un uomo non è in voce d'aver violato uno dei dieci comandamenti, e che gode di buona riputazione presso quelli che non può forzare ad avere relazione con lui, o che non gli sono sfuggiti violenti trasporti contro quelli che non sono in debito di sopportarlo, non è per questo possibile di presumere la condotta ch'egli terrà in sua casa, quando vi sarà assoluto padrone. Gli uomini i più volgari, riservano il lato violento, triste, apertamente egoista del loro carattere per quelli che non possono loro resistere. Il rapporto del superiore al subordinato è il semenzaio di questi vizi di carattere: dovunque essi sono, cavano di là il loro sugo. Un uomo violento e tristo coi suoi eguali, è certamente un uomo che ha vissuto fra inferiori che poteva dominare col timore e colle vessazioni. Se la famiglia è, come spesso si dice, una scuola di simpatia, di tenerezza, di una affettuosa dimenticanza di sè stesso, è ancora, più spesso, pel suo capo, una scuola di testardaggine, d'arroganza, d'abbandono senza confine, e d'un egoismo raffinato ed idealizzato di cui il sacrificio non è esso stesso che una forma particolare, dappoichè non s'interessa alla moglie ed ai figli se non perchè sono parte delle sue proprietà, e sacrifica in tutti i modi la loro felicità alle sue minime preferenze. Che cosa aspettarci di meglio dall'attuale forma dell'unione coniugale? Noi sappiamo che le prave tendenze dell'umana natura non restano nei loro limiti se non quando non possono scorazzare all'aperto. Si sa che per un'inclinazione ed un'abitudine, se non deliberatamente, ognuno, quasi, usurpa sopra colui che cede fino a forzarlo alla resistenza. Gli è in presenza di queste tendenze dell'umanità, che le nostre attuali istituzioni, danno all'uomo un potere presso a poco illimitato sopra un membro dell'umanità, quello col quale dimora, che ha sempre con lui. Questo potere va a cercare i germi latenti dell'egoismo nelle pieghe più recondite del cuore dell'uomo, vi rianima le più deboli scintille, soffia sul fuoco che covava e rallenta le briglie a degli istinti che, in altre circostanze, l'uomo avrebbe sentito il dovere di reprimere e di dissimulare al punto di farsi col tempo una seconda natura. So che v'ha il rovescio della medaglia; riconosco che se la donna non può resistere, gli restano almeno delle rappresaglie: ella ha il potere di rendere infelice la vita dell'uomo e ne approfitta per far prevalere la sua volontà in molte cose nelle quali ha ragione ed in molte altre in cui avrebbe torto. Ma questo istrumento di protezione personale, che si potrebbe chiamare la potenza del gridio, la sanzione del malumore, ha un vizio fatale; ed è che serve per lo più contro i padroni meno tirannici ed a favore dei subordinati meno degni. È l'arma delle donne iraconde e passionate che farebbero il peggior uso del potere, se l'avessero, e che fanno mal uso del potere che usurpano. Le donne d'indole dolce non possono ricorrere a quest'arma e quelle che hanno l'animo elevato la sdegnano. D'altro lato i mariti contro i quali si impiega con maggior successo sono i più miti ed innocui, quelli che per nessuna provocazione si risolverebbero a far uso severo della loro autorità. Il potere che ha la donna di riescire sgradita ha per effetto generale d'impiantare una controtirannia, e di fare delle vittime nell'altro sesso esercitandosi, sopratutto, sui mariti meno inclinati a divenir tiranni.

Che cosa dunque modera realmente gli effetti corruttori del potere e li rende compatibili colla somma di bene che vediamo intorno a noi? Le carezze femminili, che possono avere grande efficacia nei casi particolari, ne hanno assai poca per modificare le tendenze generali della situazione. Infatti questa efficacia dura soltanto finchè la donna è giovine ed attraente, o finchè l'attrattiva è recente e non ancora surrogata dalla famigliarità; poi vi son molti uomini sui quali questi mezzi non hanno mai molta influenza. Le forze che contribuiscono realmente ad addolcire l'istituzione sono l'affetto personale prodotto dalla convivenza, nella misura che la natura dell'uomo è capace di concepire, od il carattere della donna è capace d'ispirare per reciproca omogeneità: i comuni interessi riguardo ai figli, ed altri interessi comuni, ma passibili di gran restrizioni, riguardo ai terzi; l'importanza dalla parte della donna per abbellire la vita dell'uomo: il valore che il marito riconosce nella moglie, al suo punto di vista personale, che in un uomo generoso diviene la ragione dell'affetto ch'egli le porta per lei stessa; l'influenza acquisita su quasi tutti gli esseri umani da quelli che li avvicinano, che, se non isgradiscono, possono insieme e colle preghiere, e coll'inconscia comunicazione dei loro sentimenti e disposizioni ottenere sulla condotta dei loro superiori un impero eccessivo ed irrazionale, a meno di essere controbilanciati da altra influenza diretta. Gli è per queste diverse vie che la donna giunge spesso ad esercitare un potere esorbitante sull'uomo e ad influenzare la sua condotta nelle cose, pur anco, nelle quali ella è incapace a farlo pel meglio, nelle quali la sua influenza può, non solo, mancare di lumi, ma impiegarsi in favore di una causa intrinsecamente cattiva, quando l'uomo agirebbe meglio se lasciato alle sue proprie tendenze. Ma nella famiglia al par che nello stato, il potere non può sostituire la libertà. La potenza che la donna esercita sul marito le dà sovente quel che non ha nessun diritto d'avere, mentre non le dà i mezzi d'assicurarsi i suoi proprii diritti. La schiava favorita di un sultano, possiede ella stessa a sua posta degli schiavi che ella tiranneggia: sarebbe assai meglio che non ne avesse e che non fosse schiava ella stessa. Assorbendo la sua propria esistenza in quella del marito, non avendo volontà alcuna, o persuadendogli ch'ella non vuole che quel che egli vuole nelli affari comuni, ed impiegando tutta la sua vita ad agire in questo senso, ella può darsi la soddisfazione d'influenzare e probabilmente pervertire la sua condotta in affari, nei quali ella non si è messa mai a portata di poter giudicare, o nei quali ella è totalmente dominata da motivi personali o da qualche pregiudizio. Conseguentemente nell'attuale ordine di cose quelli, che si comportano compiacentemente colle loro mogli, sono altresì tanto facilmente corrotti, quanto rafforzati nel bene dall'influenza loro, per ciò che concerne gl'interessi che si estendono fuori della famiglia. Si è insegnato alla donna che ella non deve occuparsi delle cose situate fuori della sua sfera: ella non ha, perciò, che assai di rado un'opinione illuminata e coscienziosa intorno a quelle: per conseguenza ella non se ne preoccupa giammai in uno scopo legittimo, e non vi tocca guari che per uno scopo interessato. In politica ella ignora da qual parte è il diritto, e non se ne cura, ma ella sa ciò che può procurare a suo marito una dignità, a suo figlio un posto, a sua figlia un buon collocamento.

Ma, si domanderà, come mai una società può sussistere senza un governo? In una famiglia, al par che in uno stato, dev'esservi una persona che comanda, una volontà che prevale e che decide quando i congiunti differiscono d'opinione: non può l'uno camminare a diritta e l'altro a mancina, è d'uopo prendere un partito.

Non è vero che, in tutte le associazioni volontarie di due persone, l'una debba essere padrona assoluta, meno ancora è la legge competente a determinare quale sarà. Dopo il matrimonio, la forma d'associazione che si vede più sovente è la società commerciale. Non si giudica necessario di determinare per legge che, in tutte le società, uno degli associati avrà tutta la direzione degli affari e che gli altri saranno obbligati ad obbedire ai suoi ordini. Niuno vorrebbe entrare nella società, nè sobbarcarsi alla responsabilità che pesa su un capo, non conservando che il potere d'un impiegato e d'un agente. Se la legge intervenisse in tutti i contratti, come nel contratto di matrimonio, ella ordinerebbe che uno degli associati amministrasse gli affari comuni come se fosse il solo interessato, che gli altri associati non avessero che poteri delegati, e che il capo, determinato da una disposizione generale della legge, fosse, per esempio, il decano di età. La legge non ha mai fatto nulla di simile, e l'esperienza non ha mai mostrato la necessità di stabilire una disuguaglianza teorica fra gli associati, nè d'aggiungere altre condizioni a quelle che gli associati convengono essi stessi negli articoli del loro statuto. Si può credere tuttavia che lo stabilimento di un potere assoluto sarebbe di minor pericolo pei diritti e gl'interessi degli interessati in una società commerciale che nel matrimonio, dappoichè gli associati rimangono liberi di annullare il potere ritirandosi dall'associazione. La donna non ha questa libertà, e l'avesse anche, è sempre a desiderare ch'ella tenti tutti i mezzi prima di ricorrervi.

È perfettamente vero che le cose che devono decidersi tutti i giorni non possono accomodarsi poco a poco aspettando un compromesso, dovendo dipendere da una sola volontà, una persona sola deve tagliar corto in queste questioni. Ma non ne consegue che questa persona sia sempre la stessa. V'è un modo naturalissimo di accomodamento, ed è la divisione dei poteri fra i due associati, per il quale ciascuno ha la direzione assoluta della sua partita, e nel quale ogni cangiamento di sistema e di principio esiga il consenso dei due. La divisione non deve, nè può essere prestabilita dalla legge, poichè deve dipendere dalle capacità individuali; se i due congiunti lo preferiscono, essi possono stabilirle anticipatamente nel contratto nuziale, come vi si regolano attualmente le questioni di denaro. Di rado vi sarebbero difficoltà in questi accomodamenti presi di comune accordo, eccettuato in quei casi deplorabili nei quali tutto diviene argomento di litigio e di contesa fra gli sposi. La divisione dei diritti deve naturalmente seguire la divisione dei doveri e delle funzioni, e questo già si fa di comune consenso, dalla legge in fuori, dietro il costume che il beneplacito delle persone interessate può modificare ed infatti modifica.

La decisione reale degli affari dipenderà sempre, come ora stesso dipende, dalle attitudini relative, qualunque sia il depositario dell'autorità. Perciò solo che il marito è d'ordinario più attempato della moglie, egli avrà più sovente la preponderanza, almeno, finchè giungano l'uno e l'altra a quell'epoca della vita nella quale la differenza degli anni non ha più nessuna importanza. Vi sarà poi sempre ancora una voce preponderante dal lato, qual ch'esso sia, che fornisce i mezzi di sussistenza. La disuguaglianza prodotta da questa cagione non dipenderebbe allora più dalla legge del matrimonio ma dalle condizioni generali della società umana, qual è al presente costituita. Una superiorità mentale dovuta al complesso delle facoltà, od a cognizioni speciali, una decisione di carattere più marcata, devono necessariamente avere grande influenza. Le cose camminano già oggi di questo passo, e questo fatto prova, quanto siano poco fondati i timori che non possano in modo soddisfacente dividersi i poteri e le responsabilità degli associati negli affari. Le parti s'intendono sempre in questa divisione, eccettuato nel caso in cui il matrimonio è un affare fallito.

Nella pratica non si vede il potere tutto da una banda e l'obbedienza tutta dall'altra, se non in quelle unioni che sono l'effetto di un errore completo e nelle quali sarebbe una benedizione per ambo le parti l'essere sgravate dal loro fardello. Si verrà a dirmi, che ciò che rende possibile un accomodamento si è che l'una parte tiene in riserva il potere di usare l'autorità e che l'altra lo sa; in quel modo che si si sottomette ad una decisione d'arbitri perchè si vede loro dietro le spalle una corte di giustizia che può forzare ad accettarla. Ma per rendere l'analogia più completa bisognerebbe supporre che la giurisprudenza delle corti non debba esaminare l'affare, ma semplicemente dar la sentenza sempre in favore della parte medesima, il reo per esempio. Allora, la competenza di queste corti sarebbe pel querelante un motivo d'accomodarsi dietro la decisione d'un arbitro qualunque, ma tutto il contrario accadrebbe del reo. Il potere dispotico che la legge dà al marito può bene essere una ragione perchè la donna acconsenta ad ogni compromesso che divida il potere fra lei ed il marito, ma non perchè il marito vi acconsenta. Presso le persone oneste, havvi un compromesso reale senza che l'uno dei due congiunti vi sia costretto moralmente o fisicamente, e questo prova che, i motivi naturali che menano alla conclusione volontaria d'un accomodamento per regolare la vita delli sposi in modo tollerabile per l'uno come per l'altro, prevalgono in definitiva, eccettuato nei casi sfavorevoli. Sicuramente non si migliora la situazione facendo decidere per legge che l'edificio di un governo libero si innalzerà sulla base legale del dispotismo a profitto di una parte, e della sommissione dell'altra; nè decretando che ogni concessione fatta dal despota potrà essere revocata secondo il suo beneplacito senza avvertimento. Oltre che una libertà non merita questo nome quando è così precaria, le sue condizioni hanno poca probabilità d'essere eque, quando la legge getta un peso così enorme nell'un bacino della bilancia, quando l'accomodamento stabilito fra due persone dà all'altra il diritto di far tutto ed all'altra nulla più che il dritto di far la volontà della prima, coll'obbligo morale e religioso di non rivoltarsi contro nessun eccesso d'oppressione.

Un avversario ostinato addossato ai suoi ultimi trinceramenti, dirà forse che i mariti vogliono pure fare delle concessioni convenienti alle loro associate, senza esservi costretti, mostrarsi insomma ragionevoli, ma che le donne non lo sono: che se si accordassero alle donne dei diritti, esse non ne riconoscerebbero a nessuno e che non cederebbero più in nulla, se non fossero più forzate dall'autorità dell'uomo a cedere in tutto. Qualche generazione indietro avrebbe contato molti uomini che l'avrebbero ragionata così; allora le satire sulle donne erano di moda e gli uomini credevano far dello spirito rimproverando oltraggiosamente le donne di essere quel ch'essi le avevano fatte. Ma oggi questo bel argomento non ha più per lui un oratore che meriti una risposta. L'opinione del giorno non è più che le donne sono, men che gli uomini suscettibili di buoni sentimenti e di considerazione per coloro ai quali sono unite coi più saldi legami. All'opposto, coloro che più si oppongono a che si trattino come se fossero buone al par degli uomini, ripetono continuamente che son migliori; questa confessione ha perfin finito per diventare una formula fastidiosa ed ippocrita destinata a coprire un'ingiuria con una smorfia di complimento, che ci ricorda le lodi che, secondo Gulliver, il sovrano di Lilliput dava alla sua reale clemenza in capo ai suoi più sanguinarii decreti. Se le donne son migliori degli uomini in qualche cosa, è certamente per la loro abnegazione personale in favore dei membri della loro famiglia, ma non insisto su questo punto, perchè esse sono allevate a credersi nate e create per fare olocausto della loro persona. Io credo che l'eguaglianza toglierebbe a quest'abnegazione ciò ch'essa ha d'esagerato nell'ideale che si fa oggi del carattere delle donne, e che la migliore di esse non sarebbe più portata a sagrificarsi che il migliore degli uomini; ma d'altro lato gli uomini sarebbero meno egoisti e più disposti al sagrificio della loro persona che non oggidì, perchè non sarebbero allevati ad adorare la loro propria volontà, ed a credersi una cosa talmente ammirabile da essere in diritto di dar legge ad un altro essere ragionevole. L'uomo, niente impara così facilmente come ad adorare sè stesso; gli uomini e le classi privilegiate furono sempre così. Più si discende nella scala dell'umanità più questo culto è fervido: esso lo è sopratutto presso quelli che non possono innalzarsi che al disopra di una disgraziata donna e di alcuni fanciulli. Di tutte le umane infermità è quella che presenta meno eccezioni: la filosofia e la religione, in luogo di combatterla, divengono ordinariamente i suoi manutengoli; nulla vi si oppone fuorchè il sentimento d'eguaglianza degli esseri umani che fa la base del cristianesimo, ma che il cristianesimo non farà mai trionfare finchè apporrà la sua sanzione ad istituzioni fondate su una preferenza arbitraria di un membro dell'umanità ad un altro.

Vi sono senza dubbio delle donne, come pure degli uomini, che non andranno paghi dell'eguaglianza e coi quali non potrà esservi mai nè pace, nè tregua finchè la loro volontà regnerà sola e indivisibile. È sopratutto per questi che la legge del divorzio è buona. Desse non son fatte che per vivere sole, e nessuna creatura vivente dovrebbe essere costretta ad associare la sua vita alla loro. Se non che, invece di rendere rari questi caratteri, fra le donne, la subordinazione legale in cui vivono tende piuttosto a renderli frequenti. Se l'uomo pone in atto tutto il suo potere legale, la donna vi soccombe, ma se è trattata con indulgenza, se le si permette di afferrare il potere, niuno può porre un confine alle di lei usurpazioni. La legge non determina i suoi diritti; essa non gliene dà nessuno in principio, e l'autorizza quindi ad estenderli quanto può di fatto.

L'eguaglianza legale dei coniugati non è solamente l'unico mezzo pel quale i loro rapporti possano armonizzarsi secondo giustizia, e formare la loro felicità; non v'è eziandio altro modo di fare della vita quotidiana una scuola di educazione morale nel senso più elevato. Parecchie generazioni passeranno ancora forse, prima che questa verità sia generalmente ammessa, ma non è men vero, che la sola scuola del vero sentimento morale è la società fra eguali. L'educazione morale della società si è fatta fino ad oggi colla legge della forza, e non si è guari informata che alle relazioni create dalla forza. Nelle società degli stati meno avanzati, non si conoscono relazioni fra eguali; un eguale è un nemico. La società è dall'alto al basso una interminabile catena, o meglio una scala, sulla quale ciascun individuo è al disopra od al disotto del suo più prossimo vicino; dappertutto dove non comanda gli è giuocoforza obbedire. Tutti i precetti morali in uso oggidì, contemplano principalmente i rapporti di padrone e servo. Eppure il comando e l'obbedienza non sono che disgraziate necessità della vita umana; lo stato normale della società è l'eguaglianza. Già a quest'ora nella vita moderna, e sempre più, mano mano che s'innoltra nella via del progresso, il comando e l'obbedienza divengono fatti eccezionali. L'associazione sul piede d'eguaglianza è la regola generale. La morale dei primi secoli si basava sull'obbligo di sottomettersi alla forza, più tardi ella si è basata sul diritto del debole alla tolleranza ed alla protezione del forte. Fino a quando una forma di società si accontenterà dessa della morale che conveniva ad un'altra? Abbiamo avuto la morale della servitù; abbiamo avuto la morale della cavalleria e della generosità; la volta della morale della giustizia è venuta. Dovunque la società ha camminato verso l'eguaglianza, nei primi tempi, la giustizia ha affermato i suoi diritti a servir di base alla virtù. Vedete le repubbliche libere dell'antichità. Ma nelle migliori pur anco l'eguaglianza non si estendeva che ai liberi cittadini: le donne, gli schiavi, i residenti non investiti del diritto di città erano retti dalla legge della forza. La doppia influenza della civiltà romana e del cristianesimo cancellò queste distinzioni, ed in teoria, se non del tutto in pratica, proclamò che i dritti dell'essere umano sono superiori ai diritti di sesso, di classe e di posizione sociale. Le barriere che cominciarono ad abbassarsi furono risollevate dalla conquista dei barbari; e tutta la società moderna non è che una serie di sforzi per demolirle. Noi entriamo in un ordine di cose in cui la giustizia sarà di nuovo la prima virtù, fondata come prima sull'associazione delle persone eguali unite dalla simpatia, associazione che non avrà più la sua sorgente nell'istinto della conservazione personale, ma in una simpatia illuminata, dalla quale niuno sarà più escluso, ma nella quale tutti saranno ammessi sul piede d'eguaglianza. Non è cosa nuova che l'umanità non preveda le proprie trasformazioni, e non s'accorga che i suoi sentimenti convengono al passato e non al futuro. Vedere l'avvenire della specie è stato sempre privilegio di pochi eletti fra gli uomini colti, o di quelli che da loro furono ammaestrati. Sentire come le generazioni dell'avvenire, ecco ciò che fa la superiorità e d'ordinario il martirio di una eletta ancor meno numerosa. Le istituzioni, i libri, l'educazione, la società, tutto prepara gli uomini per l'antico regime, lungo tempo dopo che il nuovo è già comparso; a più forte ragione quando non è per anco venuto. Ma la vera virtù degli esseri umani è l'attitudine a vivere insieme siccome eguali, senza reclamare per sè cosa alcuna che non sia parimente accordata ad ogni altro; a considerare il comando, qual che ne sia la natura come una necessità eccezionale, ed in tutti i casi, temporaria; a preferire possibilmente la società di quelli fra i quali il comando e l'obbedienza si esercitano alternamente e per turno. Nella vita tal quale è costituita nulla coltiva queste virtù esercitandole. La famiglia è una scuola di dispotismo dove, le virtù del dispotismo, ed i suoi vizi ancora, sono copiosamente nudriti. La vita politica nei liberi stati sarebbe una scuola d'eguaglianza, ma la vita politica non occupa che una piccola parte della vita moderna, non penetra nelle abitudini giornaliere e non raggiunge i sentimenti più intimi. La famiglia costituita sopra basi giuste sarà la vera scuola delle libere virtù. Sarà sempre una scuola di obbedienza pei figli e di comando pei genitori. Ciò che fa d'uopo eziandio si è ch'essa sia scuola di simpatia nell'eguaglianza, di vita comune nell'amore, e dove il potere non sia tutto da un lato e l'obbedienza tutta dall'altro. Ecco ciò che vuol essere la famiglia pei parenti. Vi si imparerebbero allora le virtù che fanno d'uopo nelle altre associazioni; i figli vi troverebbero un modello dei sentimenti e della condotta che devono loro divenir naturali ed abituali, e che si cerca d'inculcar loro durante il periodo della loro educazione. L'educazione morale della specie non si adatterà mai alle condizioni del genere di vita, al quale tutti i progressi non sono che preparazione, finchè nella famiglia non si obbedirà alla stessa legge morale che normalizza la costituzione morale della umana società. Il sentimento di libertà quale può trovarsi in un uomo che ripone i suoi più vivi affetti sulle creature delle quali è assoluto padrone, non è l'amor vero e l'amor cristiano della libertà è l'amore della libertà tal quale esisteva generalmente presso gli antichi e nel Medio Evo, è un sentimento intenso della dignità e dell'importanza della propria personalità che fa sembrar degradante per sè un giogo, che non ispira orrore per sè medesimo e che si è dispostissimi ad imporre alli altri pel proprio interesse e per soddisfare la propria vanità.

Io son disposto ad ammettere, ed è su questo che fondo le mie speranze, che molte persone coniugate sotto la legge attuale e probabilmente la maggioranza nelle classi superiori, vivono secondo le leggi d'eguaglianza e di giustizia. Le leggi non si migliorerebbero mai, se non vi fossero molte persone i cui morali sentimenti valgono assai meglio delle leggi in vigore; queste persone dovrebbero appoggiare i principi ch'io qui difendo, e che hanno per solo obietto di condurre tutte le umane coppie ad assomigliarli. Ma benchè ricchi di un gran valore morale, se non si è in pari tempo forniti di uno spirito filosofico, si è tratti di leggeri a credere che le leggi e le consuetudini di cui non si sono personalmente subiti gli effetti funesti non producono alcun male, ch'esse producono probabilmente del bene, dacchè sembrano ottenere il generale consenso, e che altri ha torto di trovarvi a ridire. Questi non pensano una volta all'anno alle condizioni legali del vincolo che li unisce. Essi vivono e sentono come fossero, su tutti i punti di vista, eguali agli occhi della legge. Esse avrebbero però torto di credere che lo stesso avvenga di tutte le unioni nelle quali il marito è un miserabile finito. Sarebbe mostrare tanta ignoranza della natura umana quanto della realtà della vita. Meno un uomo è fatto pel possesso dell'autorità, meno ha probabilità di esercitarla sopra qualcuno col suo spontaneo consenso, e più si felicita del potere che la legge gli dà, e più esercita i suoi diritti legali con tutto il rigore che comporta il costume (costume dei suoi pari) e più prende piacere nell'impiego del suo potere a ravvivare il gradito senso del possederlo. V'ha di più, in quella parte delle classi inferiori nella quale l'originaria brutalità si è meglio conservata, e la più sfornita di morale educazione, la legale schiavitù della donna e la sua obbedienza passiva, quasi strumento inerte alla volontà del marito, ispira a questi una sorta di disprezzo, ch'egli non prova per un'altra donna nè per un'altra persona, e che gli fa considerare sua moglie come un oggetto fatto e nato per subire ogni specie d'indegnità. Che un uomo capace di osservare, e che si trova a portata di farlo, venga a smentirci, ma s'egli vede le cose al par di noi, non si meravigli del ribrezzo e dell'indignazione che possono ispirare istituzioni che conducono l'uomo ad un grado simile di depravazione.

Ci si dirà forse che la religione impone il dovere dell'obbedienza. Quando una cosa è troppo manifestamente cattiva perchè non si possa in nessun modo giustificare, ci si viene invariabilmente a dire ch'essa è prescritta dalla religione. La Chiesa, è vero, prescrive l'obbedienza nei suoi formulari; ma sarebbe assai difficile far sortire questo precetto dal cristianesimo. Ci si grida che S. Paolo ha detto: «Donne state soggette ai vostri mariti;» ma egli ha anche detto agli schiavi: «Obbedite ai vostri padroni.» Il cômpito di S. Paolo non era di spingere alla rivolta contro le leggi esistenti; istigazioni di tal natura non convenivano al suo scopo, la propagazione del Cristianesimo. Ma dacchè l'Apostolo accettava le istituzioni sociali come le trovava, non ne consegue ch'egli fosse per disapprovare tutti gli sforzi che si fossero potuti fare in tempo utile per migliorarle, come la sua dichiarazione «ogni potere viene da Dio» non sancisce il dispotismo militare, non riconosce questa forma di governo come sola cristiana e non comanda l'obbedienza assoluta. Pretendere che il cristianesimo avesse per iscopo di stereotipare tutte le forme di governo e di società allora esistenti, è abbassarlo al livello dell'Islamismo e del Braminismo. È appunto perchè il Cristianesimo non ha fatto questo, che divenne la religione progressiva dell'umanità e che l'Islamismo, il Braminismo e le religioni analoghe furono le religioni della parte immobile o piuttosto retrograda, poichè non havvi società veramente stazionaria. In tutte le epoche del Cristianesimo vi furono molti che tentarono di farne qualche cosa che rassomigliasse a quelle religioni immobili, per fare dei cristiani degli arnesi di gusto musulmano colla Bibbia per Corano: costoro godettero immenso potere, e molti uomini dovettero sagrificare la vita per resistere loro: ma si è loro resistito, e la resistenza ci ha fatti quel che siamo e ci farà quel che dobbiamo essere.

Dopo ciò che esponemmo intorno all'obbligo dell'obbedienza, è press'a poco superfluo di nulla aggiungere sul punto accessorio di questa gran questione, sul diritto che ha la donna di disporre de' suoi beni. Io non mi lusingo che questo scritto faccia qualche impressione sopra coloro, ai quali bisognerebbe dimostrare che i beni che una donna eredita, o che sono il prodotto del di lei lavoro, debbono appartenerle dopo il suo matrimonio, non meno di quel che le appartenessero prima. La regola è semplice; tutto che sarebbe proprietà del marito o della moglie fuori del matrimonio, rimane sotto la loro esclusiva direzione nel matrimonio. Ciò non vieta loro di vincolarsi mediante speciale accomodamento onde conservare i loro beni ai loro figli. V'hanno persone il cui sentimento è urtato dal pensiero d'una separazione di beni, come da una negazione dell'idea del matrimonio, la fusione di due vite in una. Per conto mio, io parteggio energicamente quanto chicchessia per la comunione dei beni, quando questa risulta fra i proprietari da una intera unità di sentimenti che fa tutto comune fra loro. Ma non ho però nessun gusto per la dottrina, in forza della quale, ciò che è mio è tuo, senza che quel che è tuo sia mio; io non vorrei saperne di un simile trattato con chicchessia quand'anche dovesse stipularsi a mio profitto.

L'ingiustizia di questo genere di oppressione che gravita sulla donna è generalmente riconosciuto, si può porvi rimedio senza toccare alli altri punti della questione e non v'ha dubbio che non sia la prima a cancellarsi. Già a quest'ora in molti stati nuovi ed in parecchi degli antichi stati della Confederazione Americana, si è messo, non nella legge soltanto, ma altresì nella costituzione, delle disposizioni che assicurano alle donne gli stessi diritti che agli uomini, da questo punto di vista, e migliorano nel matrimonio la condizione delle donne che posseggono, lasciando nelle loro mani un istrumento potente del quale non si spogliano maritandosi. Rimane con ciò impedito che, con abuso scandaloso del matrimonio, un uomo s'impadronisca dei beni di una fanciulla persuadendola a sposarlo senza contratto. Quando il mantenimento della famiglia viene non dalla proprietà ma dal guadagno, mi pare che la divisione più conveniente del lavoro fra i due sposi è quella che secondo l'uso comune incarica l'uomo di guadagnare il reddito e la donna di dirigere la domestica economia. Se alla pena fisica di fare dei figli, e tutta la responsabilità delle cure ch'essi richieggono e della loro educazione nei primi anni, la donna aggiunge il dovere d'applicare accuratamente al bene della famiglia i guadagni del marito, ella piglia a suo carico una buona parte e d'ordinario la più grave dei lavori di corpo e di spirito che richiede l'unione coniugale. S'ella assume altri incarichi, ella depone questi di rado, ma non fa che porsi nella impossibilità di ben adempirli. La cura, ch'ella si rende incapace di prendere dei figli e della casa, nessun'altri se la piglia; quelli dei figli che non muoiono, crescono come possono, e la direzione della casa è così cattiva che, arrischia di trascinare perdite maggiori di quel che la donna non faccia guadagni. Non è dunque a desiderarsi, secondo me, che in una equa divisione di parti, la donna contribuisca col suo lavoro a creare il reddito della famiglia. In uno stato ingiusto di cose gli può esser utile di contribuirvi, poichè questo rialza il suo valore agli occhi dell'uomo suo padrone legale: ma d'altro lato questo permette meglio al marito di abusarne forzandola al lavoro, e lasciandole la cura di provvedere ai bisogni della famiglia co' suoi sforzi mentr'egli passa la maggior parte del tempo a bere e non far nulla. È essenziale alla dignità della donna ch'ella possa guadagnare s'ella non ha una proprietà indipendente, quand'anche non dovesse usarne mai. Ma se il matrimonio fosse un contratto equo, non implicante l'obbligo dell'obbedienza; se l'unione cessasse d'essere forzata e d'opprimere quelli pei quali essa non è che un male; se una separazione equa (del divorzio non parlo) potesse essere ottenuta da una donna che ne avesse realmente il diritto, e se questa donna potesse allora trovare ad impiegarsi così decorosamente quanto l'uomo, non sarebbe allora necessario per la sua guarentigia che durante il matrimonio ella potesse usare di questi mezzi. Come un uomo sceglie una professione, così è da presumersi che una donna maritandosi sceglie la direzione d'una casa e l'educazione d'una famiglia, come scopo principale del suo lavoro per tutti quegli anni di sua vita che occorrono all'esecuzione di questo compito, e ch'ella rinuncia non già a tutte le altre occupazioni, ma a tutte quelle che sono incompatibili colle esigenze di queste. Ecco la ragione che interdice alla pluralità delle donne maritate l'esercizio abituale e sistematico di una occupazione che le chiama al di fuori, e che non può essere compita nelle loro case. Ma è d'uopo lasciare le regole generali, addattarsi liberamente alle attitudini particolari, e nulla deve impedire alle donne dotate di facoltà eccezionali o speciali d'obbedire alla loro vocazione, nonostante il matrimonio, purchè riparino alle lacune che potrebbero prodursi nel compimento delle loro funzioni ordinarie di padrone di casa. Se l'opinione si occupasse una volta di questa questione, nessun inconveniente vi sarebbe a lasciargliela normalizzare senza che la legge dovesse intervenirvi.

III

Io suppongo che non incontrerei soverchia difficoltà nel persuadere a coloro che mi hanno seguito nello svolgimento della questione dell'eguaglianza della donna e dell'uomo nella famiglia, che questo principio d'eguaglianza completa trascina seco un'altra conseguenza, l'ammissibilità delle donne alle funzioni ed alle occupazioni che fino ad oggi furono privilegio esclusivo del sesso forte. Io credo che se si colpiscono ancora d'incapacità per queste occupazioni, è per mantenerle nello stesso stato di subordinazione in seno della famiglia, perchè gli uomini non possono ancora rassegnarsi a vivere con degli eguali. Senza questo, io penso, quasi tutti, nello stato attuale dell'opinione in politica ed in economia politica, riconoscerebbero ingiusto escludere la metà della razza umana dal massimo numero delle occupazioni lucrose, e da quasi tutte le funzioni elevate, e di decretare, o che dalla nascita le donne non possono divenire capaci di coprire impieghi legalmente aperti ai membri più stupidi e vili dell'altro sesso, o che, malgrado le loro attitudini questi impieghi saranno loro chiusi, ed esclusivamente riserbati agli individui maschi. Nei due ultimi secoli non si pensava quasi ad invocare altra ragione che il fatto stesso per giustificare l'incapacità legale delle donne, e non si attribuiva all'inferiorità d'intelligenza alla quale niuno credeva realmente, in un'epoca, nella quale le lotte politiche ponevano le capacità personali ad una prova dalla quale le donne non erano tutte escluse. La ragione che si adduceva allora non era l'inettitudine delle donne, ma l'interesse della società, cioè, l'interesse degli uomini, nella guisa stessa che la ragion di Stato voleva dire allora le convenienze dei governi ed il sostegno delle autorità esistenti, e bastava per ispiegare, iscusare i delitti più orribili. Ai giorni nostri il potere tiene un linguaggio più benigno e quando egli opprime qualcuno, pretende sempre di farlo pel suo bene. È in virtù di questo cangiamento che quando si interdice alla donna una cosa, si crede bene d'affermare e necessario di credere, che aspirandovi, esse escono dalla vera via della felicità. Perchè questa ragione fosse, non dirò buona, ma plausibile, bisognerebbe che la si ponesse innanzi, andando più lungi, che alcuno ha per anco osato fare in faccia all'attuale esperienza. Non basta sostenere che le donne sono in media meno dotate degli uomini delle alte facoltà mentali, o che vi siano meno donne che uomini capaci delle funzioni che vogliono più grande intelligenza. È d'uopo pretendere assolutamente che nessuna donna vi sia, atta a queste funzioni, e che le donne più eminenti sono inferiori per la qualità dello spirito all'uomo il più mediocre, al quale non sono ora precluse queste funzioni; poichè se la funzione è posta a concorso, o data a scelta con tutte le guarentigie capaci di salvaguardare il pubblico interesse, non si ha luogo a temere che alcun impiego importante cada nelle mani di donne inferiori alla media degli uomini, o soltanto alla media dei loro competitori di sesso mascolino. Tutto il peggio che potrebbe capitare sarebbe che vi fossero meno donne che uomini in questi impieghi: il che avverrebbe in ogni caso, perchè la massima parte delle donne preferirebbe probabilmente sempre la sola funzione che niuno potrebbe loro contendere. Ora il detrattore più accanito delle donne non si arrischierà di negare che se all'esperienza del presente si aggiunge quella del passato, le donne, non in piccolo, ma in gran numero, si siano mostrate capaci di fare tutto quel che fanno gli uomini, senza alcuna eccezione forse e di farlo con successo completo. Tutto quel che si può trovare a ridire si è che v'hanno delle cose nelle quali esse non han riescito tanto bene quanto certi uomini, che ve n'hanno molte nelle quali non hanno ottenuto il primo rango: ma ve n'ha assai poche, di quelle che dipendono soltanto dalle facoltà intellettuali, nelle quali esse non abbiano raggiunto il secondo rango. Non è questo sufficiente, non è troppo, per provare che la è una tirannia per le donne ed un danno per la società il vietar loro di concorrere cogli uomini per l'esercizio di queste funzioni? Non si sa egli forse da ognuno che queste funzioni sono sovente occupate da uomini assai meno atti a disimpegnarle di molte donne? E forse che questo non accade in tutte le gare? V'è egli tanta copia d'uomini atti alle alte funzioni, perchè la società sia in diritto di rigettare i servigi di un soggetto competente? Siamo noi così sicuri di trovare sempre alla mano un uomo atto a tutte le funzioni sociali importanti che rimanessero vacanti, perchè non vi sia niente da perdere nel colpire d'incapacità la metà dell'umana specie, ricusando anticipatamente di tener conto delle sue facoltà, per quanto distinte esser possano? Quand'anche potessimo farne senza, come conciliare la giustizia col rifiuto che noi loro facciamo della loro parte di onori e di distinzioni, o del dritto morale di tutti gli umani a scegliersi le loro occupazioni (quelle eccettuate che nuocono ad altrui) dietro le individuali vocazioni, ed a loro proprio rischio? E non è qui che s'arresta la ingiustizia: essa colpisce anche coloro che potrebbero approfittare del servigio di queste donne. Decretare che delle persone siano escluse dalla professione medica, dal foro, o dal parlamento, non è ledere quelle persone soltanto, è ledere tutte quelle altresì che vorrebbero impiegare i loro servigii nella medicina, nel foro, nel parlamento; è sopprimere a loro detrimento l'influenza eccitante che un maggior numero di concorrenti eserciterebbe sui competitori, è restringere il campo sul quale la loro scelta può esercitarsi.

Io mi limiterò nei particolari della mia tesi alle funzioni pubbliche; questo basterà, io credo, poichè se riesco sopra questo punto, mi si accorderà facilmente che le donne dovrebbero essere ammissibili a tutte le altre occupazioni alle quali può loro convenire di essere ammesse. Io comincerei da una funzione assai diversa da tutte l'altre, della quale non si può loro contendere l'esercizio, per qualche obiezione cavata dalle loro facoltà. Voglio parlare del suffragio per le elezioni parlamentari e municipali. Il dritto di prender parte alla scelta di quelli che devono ricevere un pubblico mandato, è una cosa affatto distinta dal diritto di concorrere per ottenere il mandato. Se non si potesse votare per un membro del parlamento se non alla condizione di avere le qualità che deve possedere un candidato, il governo sarebbe un oligarchia ben ristretta. Il diritto di una voce sulla scelta della persona dalla quale si dev'essere governati è un'arma di protezione che non dev'essere rifiutata a nessuno di quelli stessi che sono i meno atti ad esercitare le funzioni governative. È presumibile che le donne sono atte a far questa scelta, dacchè la legge gliene dà loro il diritto nel caso più grave per esse. La legge permette alla donna di scegliere l'uomo che deve governarla fino alla morte, e suppone sempre che questa scelta è fatta volontariamente. Nel caso d'elezione per le pubbliche funzioni, tocca alla legge a circondare l'esercizio del diritto di suffragio, di tutte le guarentigie e restrizioni necessarie: ma qual che esse siano queste guarentigie non ne occorrono di più per le donne che per gli uomini. Qualch'esse siano le condizioni e le restrizioni, sotto le quali gli uomini sono ammessi a prender parte al suffragio non v'è ombra di ragione per non ammettervi le donne alle stesse condizioni. La maggioranza delle donne di una data classe non differirebbe probabilmente dall'opinione della maggioranza degli uomini della stessa classe, a meno che la questione non volgesse sugli interessi stessi del suo sesso, nel qual caso esse avrebbero bisogno del diritto di suffragio, come dell'unica guarentigia che i loro reclami verranno esaminati con giustizia. Questo deve risultare evidente per coloro stessi che non dividono alcune altre delle opinioni ch'io qui difendo. Quand'anche tutte le donne fossero spose, quand'anche tutte esser dovessero schiave, non sarebbe men necessario di dare a queste schiave una professione legale; poichè sappiamo troppo bene qual protezione possono gli schiavi aspettarsi, quando le leggi sono fatte dai padroni.

Quanto all'attitudine delle donne a partecipare alle elezioni non solo, ma ad esercitare eziandio pubbliche funzioni, o professioni gravate di pubblica responsabilità, ho già fatto notare che questa considerazione nè giova nè pregiudica il fondo della questione pratica che discutiamo, dappoichè ogni donna, che riescisse nella professione che le viene aperta, prova perciò stesso che ne è capace e che per le cariche pubbliche, se il politico regime del paese è costituito in modo da escludere l'uomo incapace, escluderà medesimamente la donna incapace, mentre che, se è costituito altrimenti, il male non sarà diverso nè maggiore, perchè l'incapace risulti una donna invece di un uomo. Dacchè si riconosce a delle donne, per quanto scarso ne sia il numero, la capacità di occupare queste cariche, le leggi che lo negano loro non potrebbero giustificarsi coll'opinione che si potrebbe avere della generalità delle donne. Ma se questa considerazione non tocca il nerbo della questione, essa è ben lungi dall'essere senza valore; esaminata senza pregiudizi, essa dà una forza nuova all'argomento contro le incapacità delle donne, e gli presta l'appoggio di alte ragioni di pubblica utilità.

Rimoviamo dapprima ogni considerazione psicologica che tenderebbe a provare che le pretese differenze mentali fra l'uomo e la donna non sono che il naturale effetto della loro educazione, chè esse non accennano nella loro natura ad alcuna differenza sentita non che ad alcuna inferiorità radicale. Guardiamo le donne quali sono, o quali si sa che sono state, e giudichiamo l'attitudine ch'esse hanno manifestata nelli affari. È ovvio ch'esse possono fare per lo meno quello che han fatto, se non di più. Se si pon mente alla cura colla quale si diverte la loro educazione dagli oggetti e dalle occupazioni riserbate agli uomini, in luogo di prepararvele si vedrà, ch'io non mi mostro quasi esigente in loro favore quando mi appago di prender per base quel ch'esse han fatto realmente. Infatti, una prova negativa non avrebbe qui che un piccolo peso, ma la più leggera prova positiva è senza obiezione. Non si può concludere essere impossibile ad una donna essere un Omero, un Aristotile, un Michelangelo, un Beethoven, per la ragione che nessuna donna fin qui ha prodotto capolavori comparabili a quelli di questi genii potenti, nella specialità nella quale hanno brillato. Questo fatto negativo lascia la questione indecisa e l'abbandona alle discussioni psicologiche. Ma è però certo che una donna può essere una regina Elisabetta, una Debora, una Giovanna d'Arco. Ecco dei fatti e non dei ragionamenti. Ora è strano a vedersi che le sole cose che la legge attuale impedisce alle donne di fare, sono quelle delle quali si son mostrate capaci. Nessuna legge vieta alle donne di scrivere i drammi di Shakespeare, nè le opere di Mozart; ma la regina Elisabetta e la regina Vittoria, se non avessero ereditato il trono, non avrebbero potuto ricevere la più infima funzione politica, e tuttavia la prima si è mostrata all'altezza delle più elevate.

Se l'esperienza prova qualche cosa, all'infuori da ogni analisi psicologica, si è che le cose, che le donne non sono ammesse a fare sono quelle appunto per le quali esse hanno una particolare attitudine, poichè la loro vocazione per il governo si è fatta luce ed ha brillato nelle rare circostanze che furono loro date, mentre che nelle vie gloriose, che loro erano aperte apparentemente, esse sono lungi d'aver brillato con pari splendore. La storia ci mostra un piccol numero di regine comparativamente al numero dei re, ed ancora in questo piccol numero, la proporzione delle donne che mostrarono i talenti del governo è assai più grande, benchè parecchie abbiano occupato il trono in circostanze difficili. È da por mente altresì ch'esse si sono sovente distinte per le qualità le più opposte al tipo convenzionale ed imaginario che si attribuisce al loro sesso: esse furono rimarchevoli tanto per la fermezza ed il vigore che hanno impresso al loro governo, quanto per la loro intelligenza. Laddove alle regine ed alle imperatrici, aggiungiamo le reggenti e governatrici delle provincie, la serie delle donne che hanno brillantemente governato gli uomini diventa lunghissima. Questo fatto è così incontestabile, che, per rispondere all'argomento ostile al principio stabilito, si è ricorso ad un insulto nuovo, e si è detto che, se le regine valgono meglio dei re, è perchè sotto i re le donne governano, mentre sotto le regine governano gli uomini.

È forse perdere il tempo, il rispondere ad una facezia di cattivo gusto: ma questa sorta di argomenti fanno dell'impressione sulli spiriti, ed ho inteso citare questo motto da persone che sembravano trovarvi qualche cosa di serio. Per lo meno esso servirà di punto di partenza nella discussione. Io nego dunque che sotto i re le donne governino. Gli esempi, se ve n'hanno, sono affatto eccezionali e se i re deboli hanno governato male, fu tanto sotto l'influenza dei loro favoriti che sotto quella delle loro favorite. Quando una donna conduce un re per l'amore, non v'è a sperare un buon governo, benchè vi siano eccezioni in compenso, la storia di Francia ci mostra due re che hanno volontariamente dato la direzione degli affari, durante parecchi anni, l'uno a sua madre, l'altro a sua sorella: questo, Carlo VIII, era un fanciullo, ma seguiva in ciò le istruzioni di suo padre Luigi XI: l'altro, Luigi IX, era il più energico ed il migliore dei re che abbia occupato il trono dopo Carlomagno. Queste due principesse governarono in guisa che nessun principe del loro tempo le ha sorpassate. L'imperator Carlo V, il più abile sovrano del suo secolo, che ebbe al suo servizio tanti uomini di talento, quanti altro principe non ebbe giammai, e che era pochissimo inclinato ad immolare ai suoi interessi i suoi sentimenti, diede, durante tutta la sua vita, il governo dei Paesi Bassi successivamente a due principesse della sua famiglia (che furono poscia sostituite da una terza) e la prima Margherita d'Austria, fu l'uno dei migliori politici del secolo. Eccone quanto basta per questo aspetto della questione, passiamo all'altro. Quando si dice che sotto le regine gli uomini governano, s'intende forse la cosa stessa che quando si accusano i re di lasciarsi condur dalle donne? Si vuol forse dire che le regine scelgano ad istrumenti di governo gli uomini che associano ai loro piaceri? Questo risulta poco, anche nelle principesse le meno riservate in materia di piaceri, come Catterina II per esempio; e non è là che è d'uopo cercare il buon governo che si attribuisce all'influenza degli uomini. Se sotto il regno di una donna, l'amministrazione è affidata ad uomini migliori che non sotto la media dei re, bisogna dire che le regine abbiano maggior attitudine dei re, a sceglierli, e ch'esse siano più degli uomini fatte non solo per occupare il trono ma eziandio per fungere le funzioni di primo ministro: poichè la parte principale del primo ministro non è già di governare personalmente, ma di trovare le persone più atte a condurre ciascun dicastero dell'ordine pubblico. È vero che si accorda generalmente alle donne, fra gli altri vantaggi sugli uomini, la facoltà di scoprire più rapidamente di essi il fondo dei caratteri, e che questo vantaggio deve renderle, a parità di circostanze, più atte delli uomini alla scelta dei loro istrumenti, il che è al postutto l'affare più importante per chiunque deve governare. L'immorale Catterina de' Medici ha saputo ella pure apprezzare il valore d'un cancelliere de l'Hòpital. Ma è vero altresì che le più grandi regine, furono grandi pel loro proprio talento, ed è per questo che furono ben servite. Elleno han tenuto nelle loro mani la direzione suprema degli affari, ed ascoltando buoni consiglieri, hanno dato la prova migliore del loro giudizio che le rendeva atte a trattare le più grandi questioni del governo. È egli ragionevole di pensare che persone atte a fungere le più alte funzioni politiche, siano inette a disimpegnare le minime? V'ha egli una ragione nella natura delle cose che faccia le mogli e le sorelle dei principi capaci quanto i principi stessi pei loro affari, e che renda le mogli e le sorelle degli uomini di stato, degli amministratori, dei direttori di compagnie, e dei capi di stabilimenti pubblici, incapaci di fare le cose stesse che i loro fratelli ed i loro mariti? Questa ragione salta agli occhi. Le principesse sono collocate per nascita molto più al disopra della generalità delli uomini di quel ch'esse ne siano al disotto pel sesso, e non si è giammai creduto ch'esse non avessero il diritto di occuparsi di politica; all'opposto si è loro riconosciuto il diritto di prendere, a tutti gli affari che si agitano intorno a loro, ed ai quali possono trovarsi mischiate, l'interesse generoso che provano naturalmente tutti gli umani. Le dame delle famiglie regnanti sono le sole alle quali si riconoscano gli stessi interessi e la medesima libertà che agli uomini, ed è precisamente fra loro che non si trova inferiorità. Dovunque e nella misura colla quale si è posto alla prova la capacità delle donne pel governo, furono sempre trovate all'altezza del loro compito.

Questo fatto concorda colle conclusioni generali che sembra suggerire l'esperienza tuttora imperfetta delle tendenze speciali e delle attitudini caratteristiche delle donne, quali le donne furono fin qui. Non dico, quali continueranno ad essere, poichè l'ho già dichiarato più di una volta, io credo essere presunzione asserire ciò che le donne sono o non sono, ciò che possono essere o non essere in forza della loro naturale costituzione. In luogo di lasciarle sviluppare spontaneamente si sono fin qui tenute in uno stato così opposto alla natura ch'esse hanno dovuto subire modificazioni artificiali. Niuno può affermare che se fosse permesso alla donna di scegliere al par dell'uomo la sua via, se non si cercasse che di darle la piega voluta dalle condizioni della vita umana e necessaria ai due sessi, vi sarebbe stata differenza essenziale, ovvero una differenza qualunque nel carattere e nelle attitudini che verrebbero a svilupparsi. Dimostrerò or ora che fra le attuali differenze, le meno contestabili possono molto bene essere il prodotto delle circostanze senza che s'abbia differenza nelle capacità naturali. Ma se si considerano le donne quali l'esperienza ce le dimostra, si può dire con maggior verità, che non per tutt'altra proposizione generale delle quali esse siano il soggetto, che i loro talenti sono generalmente rivolti verso la pratica. Tutto quel che la storia racconta delle donne sì nel passato che nel presente lo conferma e l'esperienza di tutti i giorni lo conferma non meno. Consideriamo le attitudini dello spirito che caratterizzano più sovente le donne d'ingegno, e son tutte proprie alla pratica e le si rivolgono. Si dice che la donna ha la facoltà d'intuire. Che cosa significa questo? L'intuizione è senza dubbio una veduta rapida ed esatta del fatto presente. Questa facoltà non ha che fare coi principi generali. Niuno arriva per intuizione ad afferrare una legge della natura, nè a conoscere una legge generale di dovere e di prudenza. Per questo bisogna raccogliere lentamente ed accuratamente dei fatti e poi compararli; e nè le donne, nè gli uomini d'intuizione brillano d'ordinario in questa parte della scienza, a meno però che l'esperienza necessaria non sia tale che possano acquistarla da per sè stessi. Poichè ciò che si chiama la loro sagacità d'intuizione è una facoltà che li rende idonei a raccogliere le verità generali che sono a portata della loro personale intuizione. Quando dunque il caso fa sì che le donne posseggano quanto gli uomini i risultati dell'esperienza altrui, per la lettura o l'istruzione, (mi servo pensatamente del vocabolo caso, perchè le sole donne istruite nelle cognizioni che rendono atti ai grandi affari, sono quelle che si sono istruite di per sè) esse sono meglio armate che la pluralità degli uomini degli strumenti, che fan riescire la pratica. Gli uomini, che han ricevuto molta coltura, sono esposti a trovarsi in difetto ed a non capir nulla di un fatto che si erge davanti a loro, essi non vi vedono sempre ciò che realmente vi si trova, essi vi vedono, quel che si è loro insegnato trovarsi. Questo non arriva che assai di rado alle donne di una certa capacità. La loro facoltà d'intuizione ve le preserva. Colla stessa esperienza e la medesima facoltà generale, una donna vede ordinariamente assai meglio d'un uomo ciò che le sta immediatamente dinnanzi. Ora questa sensibilità per le cose presenti è la principale qualità dalla quale dipende l'attitudine alla pratica nel senso in cui si oppone alla teoria. La scoperta di principi generali appartiene alla facoltà speculativa; la scoperta e la determinazione dei casi particolari, ai quali i principii sono o non sono applicabili, risulta dalla facoltà pratica: e le donne, quali sono oggi giorno, hanno sotto questo rapporto un'attitudine particolare. Io riconosco che non può esservi buona pratica senza principii, e che l'importanza prevalente, che la rapidità d'osservazione tiene nello spirito delle donne, le rende particolarmente atte a fabbricare delle generalizzazioni affrettate sulla loro personale osservazione, sebbene prontissime ad emendarle, mano mano che la loro osservazione acquista una più grande istruzione. Ma questo difetto si correggerà quando le donne avranno libero accesso all'esperienza dell'umanità, ed alla scienza. Per aprirla loro, nulla di meglio che l'educazione. Gli anni di una donna sono della stessa lega di quelli d'un uomo intelligente che si è istruito da sè: essa vede spesso quel che gli uomini allevati nel metodo non vedono, ma cade in abbagli, per non conoscere le cose da lunga pezza conosciute. Naturalmente, questi hanno preso largamente dalle cognizioni già accumulate, senza questo non sarebbero arrivati a nulla, ma quel che ne sanno, fu preso a caso ed a frammenti come le donne.

Se questa attrazione dello spirito della donna verso il fatto reale, presente, attuale, è per sè ed esclusivamente considerata, una sorgente di errori, è altresì il più utile rimedio all'errore opposto. L'aberrazione principale degli spiriti speculativi, quella che meglio li caratterizza, è precisamente il difetto di questa percezione viva e sempre presente del fatto obiettivo; pel qual difetto essi sono esposti, non solo a trascurare la contraddizione che i fatti esteriori possono opporre alle loro teorie, ma a perdere ancora totalmente di vista lo scopo legittimo delle loro speculazioni, ed a lasciare le loro facoltà divagarsi nelle regioni spopolate di enti animati e inanimati, e neppure idealizzati, ma solo ammobigliate da ombre create dalle illusioni della metafisica o dal puro accatastarsi delle parole che vi si danno pei veri oggetti della più alta e trascendentale filosofia. Per un ingegno teorico e speculativo, che s'adopera non già a raccogliere materiali, per l'osservazione, ma a mettersi in opera con delle operazioni intellettuali, ed a trarne leggi scientifiche o regole generali di condotta, nulla più di utile che spingere le sue speculazioni coll'aiuto e sotto la critica di una donna veramente superiore. Non v'ha nulla di meglio per mantenere il suo pensiero nei limiti dei fatti attuali e della natura. Una donna si lascia di rado divagare dalle astrazioni. La tendenza abituale del suo spirito ad occuparsi delle cose separatamente piuttosto che in gruppi, e, quel che strettamente ritiene, il suo vivo interesse pei sentimenti delle persone che le fa di preferenza considerare in tutte le cose il lato pratico, il modo col quale le persone saranno impressionate, queste due disposizioni non l'inclinano a prestar fede ad una speculazione che dimentica gli individui e tratta le cose come se non esistessero che in vista di qualche entità imaginaria, pura creazione dello spirito, che non può ricondursi a sentimenti d'esseri viventi. Le idee delle donne sono dunque utili a dare realtà a quelle di un pensatore, come le idee degli uomini a dare estensione a quelle delle donne. Quanto alla profondità, che significa altra cosa che la larghezza, dubito assai che, anche attualmente, le donne abbiano comparativamente agli uomini qualche svantaggio.

Se le qualità mentali delle donne, quali sono già, possono prestare questa assistenza alla speculazione, esse vi giuocano una parte ancora più grande quando la speculazione ha già fatto l'opera sua, e si tratta di applicarne i risultati. Per le ragioni suesposte, le donne sono incomparabilmente meno esposte a cadere nell'abbaglio comune agli uomini, di rimanere attaccati alla regola quando la regola non è applicabile, o ch'egli è necessario di modificarla nell'applicazione. Esaminiamo ora un'altra superiorità che si riconosce alle donne intelligenti: una prontezza d'impredimento maggiore assai che nell'uomo. Forse che questa qualità quando prevale non fa la persona idonea agli affari? Nell'azione, l'esito dipende sempre da una pronta deliberazione. Nella speculazione, nulla di simile, un pensatore può aspettare, prender tempo a riflettere, chiedere novelle prove; egli non è costretto a completare d'un tratto la sua teoria per timore che l'occasione gli sfugga. Il potere di cercare la miglior conclusione possibile da dati insufficienti, non è, egli è vero, senza utile in filosofia: la costruzione di un'ipotesi provvisoria in accordo coi fatti conosciuti è sovente la base necessaria di ricerche ulteriori. Ma è questa una facoltà piuttosto vantaggiosa che indispensabile in filosofia, e per questa operazione ausiliare come per la principale, il pensatore può pigliarsi il tempo che gli pare. Niente l'obliga ad affrettarsi, egli ha bene piuttosto d'uopo di pazienza, per lavorare lentamente finchè i vaghi albori ch'egli intravvede siano divenuti splendida luce, e che la sua congettura si sia fissata sotto la forma d'un teorema. Per quelli invece che hanno a fare col fuggitivo e col perituro, ai fatti particolari e non alla specie di fatti, la rapidità del pensiero non la cede in importanza che alla facoltà stessa di pensare. Colui che non ha le sue facoltà ai suoi ordini immediati, nei momenti nei quali bisogna agire, se ne sta come le mancassero del tutto. Egli può essere atto alla critica, non all'azione. Ora è in questo che le donne, e gli uomini che più rassomigliano alle donne, hanno una superiorità riconosciuta. Gli altri uomini per quanto eminenti siano le loro facoltà, giungono tardi ad averle tutte al loro comando. La rapidità del giudizio e la prontezza d'un'azione giudiziosa anche nelle cose che si sanno meglio, sono in loro il risultato graduale e lento di uno sforzo rigoroso divenuto abituale. Si dirà forse che la suscettibilità nervosa maggiore nelle donne le rende improprie alla pratica in tutto ciò che non è la vita domestica, perchè le rende mobili o volubili, troppo soggette all'influenza del momento, incapaci di una perseveranza ostinata, ch'esse non sono sempre sicure di essere padrone delle loro facoltà. Io credo che queste parole riassumono la maggior parte delle obiezioni per le quali si contesta comunemente l'attitudine delle donne per gli affari d'ordine superiore. La maggior parte di questi difetti, tiene unicamente ad un eccesso di forza nervosa che si spende, e cesserebbero dacchè questa forza potesse impiegarsi alla ricerca di uno scopo definito. Un'altra parte proviene eziandio dall'incoraggiamento che loro si è dato con o senza coscienza: noi ne vediamo le prove nella disparizione press'a poco completa degli attacchi nervosi e dei deliquii, dacchè son passati di moda. V'ha di più, quando persone, sono allevate come molte donne delle alte classi (questo, accade meno in Inghilterra che altrove) in serra calda, al riparo da tutte le variazioni d'aria e di tempo, e non sono state avvezzate agli esercizii ed alle occupazioni che stimulano e sviluppano i sistemi circolatorio e musculare, mentre il loro sistema nervoso, e sopratutto le parti di questo sistema devoluto alle emozioni, sono trattenute in uno stato d'attività anormale, non è a meravigliare che le donne che non muoiono di consunzione, acquistino costituzioni facili a sconcertarsi alla menoma causa esterna od interna, incapaci di sopportare un lavoro fisico o mentale che esiga uno sforzo lungo tempo continuato. Ma le donne allevate a guadagnarsi la vita non presentano queste particolarità morbose, a meno d'essere attaccate ad un lavoro sedentario eccessivo, e confinate in locali insalubri.

Quelle che in gioventù hanno fruito della salutare educazione fisica e della libertà dei loro fratelli, e che non han patito difetto d'aria e d'esercizio nel resto della loro vita, hanno raramente una suscettibilità di nervi eccessiva che li impedisce di prender parte alla vita attiva. È vero che v'hanno nell'uno e nell'altro sesso delle persone nelle quali una estrema sensibilità nervosa è costituzionale ed ha un carattere così marcato che impone all'insieme dei fenomeni vitali un'influenza più grande che ogni altro tratto della loro organizzazione. La costituzione nervosa al pari di altre fisiche disposizioni è ereditaria e si trasmette ai figli al par che alle figlie, ma è possibile e probabile che le donne ereditino più del temperamento nervoso che gli uomini. Partiamo da questo fatto: io domanderò se gli uomini di temperamento nervoso sono ritenuti improprii alle funzioni ed alle occupazioni che gli uomini compiono d'ordinario. Se no, perchè le donne d'egual temperamento lo sarebbero? Le particolarità del temperamento nervoso sono senza dubbio, in dati limiti, un ostacolo al successo in certe occupazioni, ed un aiuto in altre. Ma quando l'occupazione armonizza col temperamento, od anche nel caso contrario, gli uomini di sensibilità nervosa la più esagerata non mancano di darci i più brillanti esempi di successo. Essi si distinguono sopratutto perchè suscettibili di un più grande eccitamento che non quelli di un'altra costituzione fisica; le loro facoltà, quando sono eccitati, differiscono più che quelle delli altri uomini in quanto sono nella normalità, e s'innalzano, per dir così, al disopra di sè stessi, e fanno facilmente delle cose delle quali non sarebbero stati capaci in altri momenti. Ma questo sublime eccitamento, non è, salvo nelle costituzioni deboli, un lampo che si estingue tosto senza lasciare durevole traccia, e che non può applicarsi alla ricerca costante e ferma di un obietto. È proprio del temperamento nervoso di esser capace di un eccitamento sostenuto durante una lunga serie di sforzi. E quel che fa che un cavallo di razza, ben addestrato, corra, senza rallentarsi, fino alla morte. Questo si chiama aver del sangue. È questa qualità che ha fatto donne delicate, capaci di mostrare la più sublime costanza non sul rogo soltanto, ma attraverso a lunghe torture di corpo e di spirito che precedettero il loro supplizio. È evidente che questi temperamenti fanno le persone particolarmente atte a fungere le funzioni esecutive nel governo dell'umanità. È la costituzione essenziale dei grandi oratori, di tutti i moventi propagatori delle influenze morali. Si potrebbe riputare meno propizia alle qualità acquisite di uomo di stato, di gabinetto, o di magistratura. E sarebbe così quando fosse vero che una persona eccitabile sia in uno stato continuato di eccitamento. È questa una questione di educazione. Un'intensa sensibilità è lo strumento e la condizione che permette di esercitare sopra sè stesso, un potente impero, ma a quest'uopo ha bisogno d'essere coltivata. Ricevuta questa preparazione, essa non forma soltanto gli eroi di primo impeto; ma gli eroi della volontà che si padroneggia. La storia e l'esperienza provano che i caratteri più appassionati mostrano maggior costanza e rigidezza nel sentimento del dovere, laddove la passione sia guidata da questo senso. Il giudice che decide con giustizia in una causa contro i suoi più forti interessi, cava da questa stessa sensibilità il sentimento energico della giustizia che gli fa riportare sopra sè stesso tanta vittoria. L'attitudine a sentire questo sublime entusiasmo che cava fuori l'uomo dal suo carattere abituale reagisce sul carattere abituale. Quando l'uomo sta in questo stato eccezionale, le sue aspirazioni e facoltà divengono il tipo al quale paragona e pel quale apprezza i suoi sentimenti e le sue azioni delli altri momenti. Le tendenze abituali si modellano e si informano sopra questi nobili movimenti malgrado la loro fugacità, naturale effetto della costituzione fisica dell'uomo. Quel che ci consta delle razze e delli individui non ci prova che i temperamenti eccitabili siano in media meno atti alla speculazione ed alli affari che i temperamenti freddi. I Francesi e gli Italiani hanno certamente i nervi più eccitabili che non le razze teutoniche; e se si confrontano agli Inglesi, le emozioni giuocano una parte assai più importante nella loro vita quotidiana: ma forse chè i loro scienziati, i loro uomini di Stato, i loro legislatori, i loro magistrati, i loro capitani furono meno grandi? Abbiamo delle prove che i Greci antichi erano al par dei loro discendenti d'oggi una delle razze più eccitabili dell'umanità. È d'uopo informarci in qual genere di cose non siano stati eccellenti? È probabile che i Romani, meridionali anch'essi, avessero originariamente lo stesso temperamento; ma il rigore della nazionale disciplina fece di essi, come delli Spartani un tipo nazionale opposto, volgendo quel che v'era d'eccezionale nella forza naturale dei loro sentimenti a profitto delli artificiali. Se questi esempi mostrano quel che si può fare di un popolo, naturalmente eccitabile, i celti Irlandesi ci presentano il miglior esempio di quel che diviene abbandonato a sè stesso; se può dirsi, tuttavia, che un popolo è abbandonato sè stesso quando gli gravita addosso da secoli l'influenza indiretta di un cattivo governo, quello della Chiesa cattolica e della religione ch'ella insegna. Il carattere delli Irlandesi vuol esser dunque stimato un esempio sfavorevole, però dovunque le circostanze l'hanno concesso, qual popolo ha mai mostrato maggior attitudine per le forme diverse di superiorità? Come i Francesi comparativamente agli Inglesi, gli Irlandesi agli Svizzeri, i Greci e gl'Italiani ai popoli Germanici, le donne comparativamente agli uomini faranno complessivamente le stesse cose, e s'esse non ottengono pari successo, la differenza sarà piuttosto inerente al genere di successo che alla misura. Io non vedo la minima ragione di dubitare ch'esse non farebbero altrettanto bene laddove la loro educazione fosse rivolta a correggere le debolezze inerenti al temperamento in luogo di aggravarle.

Ammettiamo che lo spirito delle donne sia più mobile, meno capace di perseveranza nello stesso sforzo, più atto a sperperare le sue facoltà sopra molte cose, che non a percorrere una via fino alla sua meta più elevata, può darsi che sia così delle donne quali ora sono (benchè con molte eccezioni) e questo potrà spiegare perchè sono rimaste indietro agli uomini più eminenti nelle cose, appunto, che esigono una lunga serie di lavori. Ma questa differenza è di quelle che non attaccano che il genere di superiorità non la superiorità stessa, od il suo valore reale: e d'altronde resta a provarsi che questo impiego esclusivo di una parte dello spirito, questo assorbimento di tutta l'intelligenza sopra un solo argomento, e la sua concentrazione sopra un solo lavoro, sia la vera condizione delle facoltà umane anche pei lavori speculativi. Io credo che quel che fa acquistare questa concentrazione di spirito in una facoltà speciale, si perde nelle altre, ed anche nelle opere del pensiero astratto, ho imparato per esperienza, che lo spirito fa più ritoccando sovente sopra un problema difficile, che dandovisi senza interruzione. In ogni caso, nella pratica, dai suoi oggetti più elevati fino ai più bassi, la facoltà di passare rapidamente da un soggetto di meditazione ad un altro, senza che la vigoria del pensiero si rallenti nella transizione, ha ben maggiore importanza, e questa facoltà è posseduta dalle donne a cagione della stessa mobilità che loro si rimprovera. Esse la devono forse alla natura, ma certamente l'abitudine c'entra per molto; poichè quasi tutte le occupazioni delle donne, si compongono d'una moltitudine di particolari, a ciascuno dei quali lo spirito non può neppur consacrare un minuto, forzato com'è di passare ad altra cosa; in guisa che, se un oggetto reclama la loro attenzione maggiormente, è d'uopo prender sui momenti perduti per attendervi. Si è sovente notato la facoltà che hanno le donne di fare il lavoro del pensiero in circostanze ed in momenti in cui l'uomo si dispenserebbe dal tentarlo, e che, fosse egli pure occupato di piccole cose, lo spirito d'una donna non può starsene ozioso come lo spirito dell'uomo lo è così spesso quando non è invaso da ciò che vuol considerare come l'affare della sua vita. L'affare della vita d'una donna è tutto; e quest'affare non può cessare di camminare più che non il mondo possa cessare di circolare.

Ma, si dice, l'anatomia prova che gli uomini hanno una capacità mentale più grande delle donne: essi hanno il cervello più grosso. Rispondo dapprima questo fatto è contestabile. Si è lungi dall'aver constatato che il cervello di una donna sia più piccolo di quello dell'uomo. Se si cava questa conclusione unicamente da ciò, che il corpo della donna ha generalmente dimensioni minori di quello dell'uomo, è un modo questo di ragionamento che condurrebbe a strane conseguenze. Un uomo d'alta statura dietro questi principi, dovrebbe essere straordinariamente superiore per intelligenza ad un uomo piccolo, ed un elefante, od una balena, dovrebbero innalzarsi prodigiosamente al disopra dell'uomo. Il volume cerebrale varia molto meno che il volume del corpo od anche di quello della testa e non si può affatto concludere dall'uno all'altro. È certo che alcune donne hanno il cervello tanto sviluppato quanto qualsiasi uomo. A mia notizia, uno scienziato che aveva pesato molti cervelli umani, diceva, che il più pesante ch'egli avesse conosciuto, più pesante di quello stesso di Cuvier (il più pesante di tutti quelli il cui peso è riportato nei libri), era un cervello di donna. Debbo quindi far osservare che ancora non si conosce la relazione precisa che v'ha fra il cervello e le facoltà intellettuali, e che sussistono tuttavia su questo proposito molte controversie. Non è lecito dubitare che questa relazione sia strettissima. Il cervello è certamente l'organo del pensiero e del sentimento, e, senza arrestarmi alla grande controversia tuttora pendente della localizzazione delle facoltà mentali, ammetto che sarebbe anomalia ed eccezione a tutto quel che sappiamo della vita e dell'organizzazione, se il volume dell'organo fosse affatto indifferente alla funzione, se uno strumento più grande non desse una più grande potenza. Ma l'eccezione e l'anomalia non sarebbero meno grandi se l'organo non esercitasse la sua influenza che pel suo volume. In tutte le operazioni delicate della natura, fra le quali le più delicate sono quelle della vita (e fra queste quelle del sistema nervoso più di tutte l'altre) le differenze negli effetti dipendono tanto dalla differenza nella qualità degli agenti fisici, che nella loro quantità, e se la qualità d'un istrumento è attestata dalla delicatezza del lavoro che può fare, v'è molta ragion di pensare che il cervello ed il sistema nervoso della donna sono di una qualità più raffinata che il cervello ed il sistema nervoso dell'uomo. Lasciamo da parte la differenza astratta di qualità, cosa difficile a verificarsi. Si sa che l'importanza del lavoro di un organo dipende non solo dal suo volume, ma eziandio dalla sua attività, ed abbiamo la misura di questa nell'energia della circolazione interna dell'organo. Non sarebbe sorprendente che il cervello dell'uomo fosse più grande e che la circolazione fosse più attiva in quello della donna. È altresì un'ipotesi che si accorda con tutte le differenze che ci presentano le operazioni mentali dei due sessi. I risultati che l'analogia ci farebbe aspettare da questa differenza d'organizzazione corrisponderebbero a qualcuno di quelli che osserviamo d'ordinario. Dapprima si potrebbe annunciare che le operazioni mentali dell'uomo saranno più tarde, che d'ordinario il suo pensiero non sarà tanto pronto quanto quello della donna e che i suoi sentimenti non si succederanno così rapidamente come in lei. I corpi più estesi impiegano maggior tempo a porsi in azione. D'altra parte il cervello dell'uomo messo in gioco in tutta la sua forza darà più lavoro. Egli persisterà di più nella linea da principio adottata; durerà maggior fatica per passare da un modo d'azione ad un altro; ma nell'opera intrapresa potrà lavorare più a lungo con minor dispendio di forza, o senza fatica. Non vediamo noi infatti che le cose nelle quali gli uomini vincono le donne, sono quelle che richieggiono perseveranza nella meditazione, e che, per così dire si martelli una stessa idea, mentre le donne fanno meglio tutto quel che deve farsi rapidamente? Il cervello di una donna è più presto affaticato e più presto esausto; ma giunto al grado di esaurimento, rientra più presto in possesso di tutta la sua forza. Io ripeto che queste idee sono affatto ipotetiche; io non intendo che indicare una via di ricerche. Ho già dichiarato che non si sa con certezza se v'ha una differenza naturale nella forza o nella tendenza media delle facoltà mentali dei due sessi, e molto meno in che questa differenza consista: non è possibile che si conosca finchè non si sarà meglio studiato, quand'anche non fosse che in un modo generico, e che non si avrà ancora meno applicato scientificamente le leggi psicologiche della formazione del carattere: finchè si sdegneranno le cause esterne le più evidenti delle differenze del carattere: fino a che l'osservatore non ne terrà alcun conto; che le scuole regnanti di fisiologia e di psicologia le tratteranno dall'alto della loro grandezza con un disprezzo a stento dissimulato. Ch'esse cerchino nella materia oppur nello spirito, l'origine di ciò che distingue principalmente un essere umano dall'altro, queste scuole si accordano nello schiacciare coloro che vogliono spiegare queste differenze colle relazioni varie di questi esseri nella società e nella vita.

Le idee che si son fatte della natura delle donne, sopra semplici generalizzazioni empiriche, costruite senza spirito filosofico e senza analisi, coi primi casi capitati, son così poco serii, che l'idea ammessa in un paese varia da quella di un altro; esse variano secondo che le circostanze proprie d'un paese hanno fornito alle donne che vi vivono delle occasioni di svilupparsi o non isvilupparsi in un senso. Gli orientali credono che le donne sono per natura singolarmente voluttuose; un inglese crede per lo più ch'esse sono fredde. I proverbi sull'incostanza delle donne sono per lo più d'origine francese; se ne sono fatti e prima e dopo il famoso distico di Francesco I. Si nota comunemente in Inghilterra che le donne son più costanti delli uomini. L'incostanza è stata considerata più disonorante per una donna da più lungo tempo in Inghilterra che in Francia, e le Inglesi sono ben più sommesse all'opinione che le Francesi. Si può notare, di passaggio, che gl'Inglesi sono in circostanze specialmente sfavorevoli per giudicare di quel che è naturale o che non lo è, non solo alle donne, ma agli uomini, od ai membri dell'umanità indistintamente. Essi hanno sopratutto attinto la loro esperienza nel loro paese, il solo luogo, forse, dove la natura umana lascia trapelar così poco dei suoi tratti naturali. Gli Inglesi son più lontani dallo stato di natura che tutti gli altri popoli moderni, nel buono e nel cattivo senso del pari; più che alcun altro essi sono il prodotto della civilizzazione e della disciplina. È in Inghilterra che la disciplina ha riescito meglio, non a vincere, ma a sopprimere tutto quel che poteva resisterle. Gli Inglesi, più che ogni altro popolo, non solamente agiscono, ma sentono dietro la regola. Negli altri paesi, l'opinione officiale o le esigenze della società possono ben avere la prevalenza, ma le tendenze della natura di ciascun individuo restano sempre visibili sotto il loro impero, e spesso resistono; la regola può essere più forte della natura, ma la natura è sempre là. In Inghilterra, la regola si è in gran parte sostituita alla natura. La maggior parte della vita passa non a seguire la propria inclinazione conformandosi alla regola, ma a non avere altra inclinazione che di seguire la regola. Ora vi è là, senza dubbio, qualche cosa di buono, ma v'è anche un lato assai cattivo e questo rende un Inglese incapace a trarre dalla sua esperienza gli elementi di un giudizio sulle tendenze originali della natura umana. Gli errori che un osservatore d'un altro paese può commettere a questo proposito sono d'un indole assai diversa. L'Inglese ignora la natura umana, il Francese la vede attraverso i suoi pregiudizii; gli errori dell'Inglese sono negativi, quelli del Francese positivi. Un Inglese s'imagina che le cose non esistono perchè non le ha mai vedute, un Francese, ch'esse debbono esistere sempre e necessariamente perchè le vede; l'Inglese non conosce la natura perchè non ha alcuna occasione d'osservarla, il Francese ne conosce una gran parte, ma vi si inganna spesso perchè non l'ha vista che deformata e mascherata. Per l'uno come per l'altro la forma artificiale che la società ha dato alle cose che sono il soggetto dell'osservazione, ne nasconde le naturali proprietà, facendone sparire lo stato naturale o trasformandolo. In un caso non rimane a studiare che un sottile residuo della natura, nell'altro la natura rimane, ma spiegata in un senso, ch'essa non avrebbe forse scelto laddove avesse potuto spiegarsi liberamente.

Ho detto che non si può oggi sapere ciò che può esservi di naturale o d'artificiale nelle differenze mentali attuali che sussistono fra gli uomini e le donne: se ve n'ha realmente una che sia naturale, quel carattere naturale si rivelerebbe per la soppressione di tutte le cause artificiali di differenza. Io non voglio tentare quel che ho dichiarato impossibile; ma il dubbio non vieta le congetture, e quando la certezza non è a nostra portata, possono esservi mezzi di raggiungere qualche grado di probabilità. Il primo spunto, le origini delle differenze che attualmente osserviamo, è il più accessibile alla speculazione; io tenterò di accostarlo per la sola via che vi conduca, cercando gli effetti delle influenze esteriori sullo spirito. Noi non possiamo isolare un membro dell'umanità dalla condizione dov'è collocato in modo da potere coll'esperienza constatare ciò che sarebbe naturalmente stato: ma noi possiamo considerare ciò ch'egli è, e che cosa furono le circostanze, se esse han potuto farlo quello che è.

Pigliamo dunque il solo caso sagliente che l'osservazione ci somministra, nel quale la donna sembra inferiore all'uomo, astrazione fatta alla sua inferiorità in forza muscolare. Nella filosofia, le scienze e le arti, non una produzione degna del primo rango fu opera di una donna. Puossi spiegare questa inferiorità senza supporre che le donne sono naturalmente incapaci di produrre questi capolavori? Dapprima possiamo domandare se l'esperienza ha fornito una base sufficiente per cavarne un'induzione. Non sono per anco tre generazioni che le donne, salvo rare eccezioni, hanno cominciato a provarsi in filosofia, in scienza e nelle arti. Prima di noi questi tentativi non erano numerosi, ed anche sono rari dappertutto altrove che in Inghilterra ed in Francia. Si può domandare, se da quel che si poteva aspettarsi, dietro il calcolo delle probabilità, uno spirito dotato di qualità superiori per la speculazione o le arti creatrici avesse dovuto incontrarsi piuttosto fra le donne alle quali i loro gusti, la loro posizione, permettevano di consacrarsi a questi obietti. In tutte le cose nelle quali hanno avuto il tempo necessario, specialmente nella parte nella quale han lavorato da lungo tempo, la letteratura (prosa o versi) senza raggiungere il primo rango, le donne hanno fatto tanti eccellenti lavori ed ottenuti tanti successi quanti se ne potevano sperare, tenuto atto del tempo e del numero dei competitori. Se risaliamo ai tempi primitivi, quando pochissime donne si provavano in letteratura, vediamo che alcune vi hanno ottenuto un successo notabile. I Greci hanno sempre contato Saffo fra i loro grandi poeti, e ci è ben lecito supporre che Mirti che, dicesi, insegnò la poesia a Pindaro, e Corinna che vinse cinque volte sopra di lui il premio dei versi, dovevano aver avuto merito sufficiente perchè si sia potuto porle a fronte a questo gran poeta. Aspasia non ha lasciato scritti filosofici, ma si sa che Socrate le chiedeva delle lezioni e dichiarava d'averne approffittato.

Se consideriamo le opere delle donne nei tempi moderni, e se le confrontiamo a quelle degli uomini, sia in letteratura, sia nelle arti, l'inferiorità che vi si trova si riduce ad un solo punto, ma importantissimo, il difetto di originalità. Non parlo di un difetto assoluto, poichè ogni produzione di qualche valore ha una propria originalità, è una concezione dello spirito essa stessa, non una copia di qualche altra cosa. Vi sono molte idee originali negli scritti delle donne, se per queste parole s'intende che esse non le hanno prese ad imprestito, e che le han formate colle loro proprie osservazioni e col loro proprio spirito. Ma esse non hanno ancora prodotto di queste grandi e luminose idee che improntano un'epoca nella storia del pensiero, nè di queste concezioni essenzialmente nuove nell'arte, che aprono una prospettiva d'effetti possibili non ancora imaginati e fondano una scuola novella. Le loro composizioni vivono più sovente sul fondo attuale delle idee, e le loro creazioni non si discostano gran fatto dal tipo stabilito. Ecco l'inferiorità che le loro opere rivelano: poichè nell'esecuzione, nell'applicazione delle idee e la perfezione dello stile non ve n'ha d'inferiorità. I migliori romanzieri per la composizione, e l'ordinamento dei particolari, sono per una buona parte delle donne. Non v'è in tutta la moderna letteratura una espressione più eloquente del pensiero dello stile della signora di Stael; e come esempio di perfezione artistica, non v'è assolutamente nulla di superiore alla prosa della Sand, il cui stile fa sul sistema nervoso l'effetto di una sinfonia di Haydn o di Mozart. Ciò che manca alle donne, come ho già detto è una grande originalità di concetto. Vediamo ora se v'ha modo di spiegare questa pochezza.

Cominciamo dal pensiero. Ricordiamoci che durante tutto il periodo della storia e della civilizzazione, quando si poteva arrivare a delle verità grandi e feconde per la sola forza del genio, senza un grande studio precedente, senza molte cognizioni, le donne non si occuparono affatto di speculazione. Da Hypatia fino alla Riforma, l'illustre Héloisa è forse la sola donna che avrebbe potuto compire una simile impresa, e noi ignoriamo l'estensione di spirito filosofico che le sue sventure hanno fatto perdere all'umanità. Dall'epoca in cui fu possibile ad un gran numero di donne di darsi alla filosofia, l'originalità non è più possibile alle stesse condizioni. Quasi tutte le idee che si potevano raggiungere colla sola forza delle facoltà native, sono da lungo tempo conquistate, e l'originalità nel senso più elevato della parola, non può essere che il premio delle intelligenze che hanno subìto una laboriosa preparazione, e delli spiriti che posseggono a fondo i risultati ottenuti dai predecessori. Credo essere Maurice quello che ha notato i pensatori più originali essere oggi coloro che hanno conosciuto più a fondo le idee dei predecessori; ormai non può più essere altrimenti. Vi son già tante pietre all'edificio che colui, che vuol collocarne una a sua volta al disopra delle altre, deve ergere penosamente i suoi materiali all'altezza alla quale l'opera collettiva è pervenuta. Quante donne vi sono che abbiano eseguito questo compito? La signora Somerville, sola fra le donne, conosce, forse, tutto quel che bisogna sapere oggi in matematiche per farvi una scoperta considerevole: si dirà, qual'è la prova della inferiorità delle donne, se ella non ha la fortuna di essere l'una delle due o tre persone che durante la loro vita, associeranno il loro nome a qualche progresso rimarchevole della scienza? Dacchè l'economia politica è divenuta una scienza, due donne ne han saputo abbastanza per iscrivere utilmente su quest'argomento; di quanti uomini, nell'innumerevole quantità d'autori che hanno scritto su queste materie, durante questo tempo, si può dirne di più, senza dilungarsi dalla verità? Se niuna donna è ancora stata un grande storico, qual donna ha dunque posseduto l'erudizione necessaria per divenirlo? Se niuna donna è ancora divenuta un gran filologo, qual donna ha studiato il sanscrito, lo slavo, il gotico d'Ulphila, lo zend Avesta? Nelle quistioni stesse di pratica, vediamo quanto vale l'originalità dei genii ignoranti. Essi inventano di nuovo sotto una forma rudimentale, ciò che è già stato inventato e perfezionato da una lunga serie di inventori. Quando le donne avranno ricevuto la preparazione della quale tutti gli uomini hanno bisogno per divenire eccellenti con originalità, sarà tempo di giudicare dietro esperienza se esse possono o non possono essere originali.

Accade spesso senza dubbio che una persona, che non ha studiato a fondo ed accuratamente le idee che altri ha emesse su un argomento, ha per effetto di naturale sagacia, un'intuizione felice ch'ella può suggerire, ma che non può provare, e che tuttavia, maturata, può dare un incremento considerevole alla scienza. In questo caso stesso, non si può mettere questa intuizione a profitto nè renderle la giustizia che le è dovuta, prima che altre persone fornite di cognizioni preliminari non se ne impadroniscano, la verifichino, gli diano una forma pratica o teorica, e la mettano al posto che le compete fra le verità della filosofia e della scienza. Forsechè si suppone non accadere alle donne d'avere di queste felici idee? Una donna intelligente ne ha un numero immenso. Esse vanno per lo più smarrite per mancanza di un marito o di un amico che possegga l'altra cognizione, possa apprezzare queste idee al loro valore, e produrle nel mondo; ed anche allora che si dà questa felice circostanza, l'idea passa piuttosto per essere di quello che la pubblica che non del suo vero autore. Chi mai dirà, quante idee originali, messe in luce da scrittori di sesso maschile, appartengano ad una donna che le ha suggerite, e non hanno ricevuto da quelli che la verificazione e la divisa? Se io debbo giudicare dal mio proprio esempio ve n'ha di molte.

Se dalla speculazione pura, noi ritorniamo alla letteratura presa nel senso più stretto del vocabolo, una ragione generale ci fa comprendere perchè la letteratura delle donne è una imitazione di quella degli uomini nel suo concetto generale e nei suoi tratti generali. Perchè mai la letteratura latina, come la critica lo predica a sazietà, è dessa una imitazione della greca, in luogo di essere originale? Unicamente perchè i Greci sono venuti pei primi. Se le donne avessero vissuti in paesi diversi degli uomini, e non avessero letto mai un solo dei loro lavori, esse avrebbero avuto una letteratura propria. Esse non han creato una letteratura perchè ne tran trovato una già fatta e molto avanzata. Se non vi fosse mai stato interruzione nella cognizione dell'antichità, o se l'epoca del rinascimento fosse giunta prima della costruzione delle cattedrali gotiche, non se ne sarebbero costruite mai.

Vediamo che in Francia e nell'Italia, l'imitazione della letteratura antica arrestò di botto lo sviluppo di un'arte originale. Tutte le donne che scrivono sono allieve dei grandi scrittori dell'altro sesso Tutte le prime opere di un pittore, foss'anche Raffaello hanno identicamente la maniera stessa del maestro. Mozart, egli stesso; non ispiega la sua possente originalità nelle sue prime opere. Quando abbisognano anni agli individui ben dotati, ci vogliono generazioni per le masse. Se la letteratura delle donne è destinata ad avere nel suo complesso un carattere diverso da quella delli uomini, corrispondenti ai punti di differenza delle tendenze naturali del loro sesso da quello degli uomini, è d'uopo maggior tempo, che non ne sia ora trascorso prima che questa letteratura possa emanciparsi dall'influenza dei modelli accettati, e dirigersi dietro un proprio impulso. Ma se, come lo credo, nulla ci prova che vi sia nelle donne alcuna tendenza naturale che distingua il loro genio da quello delli uomini: non è men vero che ogni donna che scrive ha le sue tendenze particolari, che in questo momento, sono ancora subordinate all'influenza dei precedenti e delli esempli, e molte generazioni passeranno prima che la loro individualità si affermi, e sia abbastanza sviluppata da tener fronte a questa influenza.

La presunzione contro la facoltà d'originalità delle donne pare più forte nelle belle arti propriamente dette poichè (è lecito dirlo) l'opinione non interdice loro di coltivarle, ma anzi ve le incoraggia, e la loro educazione in luogo di trascurarle, loro fa la parte più ampia, sopratutto nelle classi ricche. In questo genere di produzione più che in tutte l'altre le donne sono rimaste indietro ancora più dal grado d'eccellenza al quale gli uomini sono giunti. Tuttavia questa inferiorità non ha d'uopo, per ispiegarsi, d'altra ragione che il fatto assai conosciuto, più vero nelle arti che dappertutto altrove, che le persone della professione sono sempre d'assai superiori ai dilettanti. Pressochè tutte le donne delle classi illuminate studiano più o meno qualche ramo delle arti belle, ma non nella vista di servirsene a guadagnare la vita o ad aquistarsi fama. Le donne artiste sono tutte dilettanti. Le eccezioni sono di natura a confermar la regola. Le donne imparano la musica non per comporre ma soltanto per eseguire: ed infatti non è che come compositori che gli uomini la vincono sulle donne, in musica. La sola delle arti belle alle quali le donne si danno per professione e principale occupazione è il teatro, e nel teatro esse sono eguali se non superiori alli uomini. Per fare un equo confronto, è d'uopo mettere le produzioni artistiche delle donne di fronte a quelli delli uomini che non sono artisti di professione. Nella composizione musicale, per esempio, le donne hanno prodotto, sicuramente, tante cose buone quanto gli amatori dell'altro sesso han potuto dare. Vi sono ora poche donne, assai poche che facciano della pittura per professione eppure cominciano a mostrare tanto talento quanto se ne poteva aspettare. I pittori di sesso maschile (non dispiaccia al signor Ruskin) non hanno fatto una figura rimarchevole in questi ultimi secoli, e passerà molto tempo prima che ne facciano. Se gli antichi pittori erano di tanto superiori ai moderni gli è che un gran numero di uomini dotati di uno spirito di primo ordine si davano alla pittura. Nel decimoquarto e decimoquinto secolo i pittori italiani erano gli uomini più compiti del loro tempo. I più grandi possedevano cognizioni enciclopediche, ed erano eccellenti in ogni genere di produzione come i grandi uomini della Grecia. A quest'epoca, le belle arti erano agli occhi delli uomini, la più nobile cosa nella quale un uomo potesse illustrarsi; le belle arti davano allora le distinzioni che non si acquistano oggi che colla politica o la guerra; per esse si guadagnava l'amicizia dei principi, e si entrava in piede d'eguaglianza colla più alta nobiltà. Oggi, gli uomini di qualche vaglia trovano da fare qualche cosa di più importante, per la loro fama ed i bisogni del mondo moderno, che non la pittura, e non si trova guari un Regnold od un Turner (dei quali non pretendo determinare il rango fra gli uomini eminenti) che professino quest'arte. La musica è d'un ordine affatto diverso, e non esige la stessa potenza di spirito, e sembra dipendere dippiù da un dono naturale: per cui si può meravigliare che niuna donna sia stata un gran compositore: ma tuttavia questo dono naturale non rende capaci delle grandi creazioni senza studi che assorbono tutta la vita. I soli paesi che abbiano prodotto compositori di primo ordine nel sesso maschile stesso sono la Germania e l'Italia, due paesi nei quali le donne sono rimaste ben addietro della Francia e dell'Inghilterra per coltura intellettuale e speciale; esse vi ricevono per la maggior parte poca istruzione, e di rado vi si coltivano le facoltà superiori dello spirito. In questi paesi si contano a centinaia e probabilmente a migliaia, gli uomini che conoscono i principi della composizione musicale, e le donne soltanto per decine. In sorta che, dietro le proporzioni, noi non possiamo chiedere con ragione che una donna eminente per cento uomini di valore; ed i tre ultimi secoli non hanno prodotto cinquanta grandi compositori di sesso maschile così in Germania come in Italia.

Oltre le ragioni che abbiamo date, ve ne sono altre che permettono di spiegare perchè le donne rimangono indietro delli uomini nelle carriere che sono aperte ai due sessi. Dapprima, pochissime donne hanno il tempo di occuparvisi seriamente: questo può sembrar paradossale; è un fatto sociale incontestabile. I particolari della vita reclamano anzitutto una gran parte del tempo e dello spirito delle donne. Dapprima è la direzione della casa, la domestica economia, che occupa per lo meno una donna per famiglia, e generalmente quella che è giunta ad età matura, e che ha dell'esperienza, a meno che la famiglia non sia abbastanza ricca per abbandonare ad un domestico questa cura e sopportare lo sciupio e le malversazioni inseparabili da questo modo d'amministrazione. La direzione di una casa quand'anche non esiga molto lavoro, è estremamente grave allo spirito; essa reclama una vigilanza incessante, un occhio al quale nulla sfugga, e presente a tutte l'ore ad esaminare e risolvere questioni previste od impreviste, che la persona responsabile può difficilmente bandire dallo spirito. Quando una donna appartiene ad un rango o si trova in uno stato che le permette di sottrarsi a questi incarichi, le restano ancora a dirigere i rapporti della famiglia con ciò che si chiama la società. Meno quei primi doveri le tolgono tempo e più gliene assorbono questi: sono i pranzi, i concerti, le serate, le visite, la corrispondenza e via, via. Tutto questo è al disopra del dovere supremo che la società impone alle donne, è quello di rendersi piacevoli. Nei ranghi elevati della società, una donna distinta trova quasi l'impiego di tutto il suo spirito a coltivare la grazia delle maniere e l'arte della conversazione. Inoltre considerando queste occupazioni da un altro punto di vista, lo sforzo intenso e prolungato del pensiero che tutte le donne, che tengono a ben mettersi, consacrano alla tavoletta (non parlo di quelle che vestono con gran dispendio, ma di quelle che la fanno con gusto e nel senso delle convenienze naturali ed artificiali) e fors'anche a quella delle loro figlie, questo sforzo del pensiero applicato a qualche studio serio le ravvicinerebbe di molto al punto in cui lo spirito può produrre delle opere notevoli nelle arti, nelle scienze e nella letteratura; esso divora una gran parte del tempo e della forza di spirito che la donna avrebbe potuto serbare per altro uso. Perchè questa massa di piccoli interessi, che si sono fatti importanti per lei, lasciassero loro agio bastante, abbastanza energia e libertà di spirito, per coltivare le scienze e le arti sarebbe d'uopo che avessero a loro disposizione una assai maggiore dovizia di facoltà attive che non gli uomini. Ma non è tutto. Indipendentemente dai doveri ordinari della vita che sono il compito della donna, si esige, ch'esse tengano il loro tempo ed il loro spirito a disposizione di tutti. Se un uomo ha una professione che lo mette al coperto da queste pretensioni, od anche solo una occupazione, egli non offende nessuno consacrandovi il suo tempo; egli può trincerarvisi per iscusarsi di non rispondere a tutte le esigenze degli estranei. Forsechè le occupazioni di una donna e sopratutto quelle ch'ella sceglie volontariamente sono riguardate come scuse che dispensino dai doveri di società? È molto se i loro doveri più necessarii e più riconosciuti vi riescono. Non ci vuol meno di una malattia nella famiglia, od altra cosa straordinaria per autorizzarle a far passare i suoi affari avanti ai piaceri altrui. La donna è sempre agli ordini di qualcheduno ed in generale di tutti. Se ella attende ad uno studio, è d'uopo ch'ella vi consacri i brevi istanti ch'ella ha la fortuna d'afferrare al volo. Una donna illustre nota in un libro, che sarà un giorno pubblicato, lo spero, che tutto quel che la donna fa, lo fa a tempo perso. È egli dunque a meravigliare ch'ella non giunga al più alto grado di perfezione nelle cose che richieggono un'attenzione sostenuta, e delle quali bisogna fare il primario interesse della vita? La filosofia è l'una di queste cose, l'arte lo è del pari, l'arte sopratutto, la quale esige che le si consacri non solo tutti i pensieri e tutti i sentimenti, ma ancora che si addestri la mano con esercizio continuato per aquistare una valentia superiore.

V'è un'altra considerazione da aggiungere. Nelle diverse arti e nelle varie occupazioni dello spirito, v'ha un grado di forza che bisogna raggiungere per vivere dell'arte: ve n'ha uno superiore al quale bisogna salire per creare le opere che immortalizzano un nome. Quelli che entrano in una carriera hanno tutti motivi sufficienti per arrivare al primo: l'altro è difficilmente raggiunto dalle persone che non hanno, o che non hanno avuto in un momento di loro vita, un ardente desiderio di celebrità. D'ordinario, non ci vuol meno di questo stimolo per far intraprendere e sostenere la dura fatica che debbono necessariamente imporsi le persone meglio dotate per innalzarsi ad un grado elevato, in generi in cui possediamo tante belle opere dei genii più grandi. Ora sia per una causa artificiale, sia per una causa naturale, le donne non hanno mai questa sete di fama. La loro ambizione si circoscrive generalmente nei limiti più angusti. L'influenza ch'esse cercano non si estende al di là della cerchia che le circonda. Quel ch'esse vogliono è piacere a quelli che vedono coi loro occhi, è esserne amate ed ammirate, ed esse s'accontentano quasi sempre dei talenti, delle arti, e delle cognizioni che vi bastano. È un tratto di carattere di cui bisogna necessariamente tener conto quando si giudicano quali sono. Io non credo affatto che ciò sia inerente alla loro natura; ma che sia piuttosto il normale risultato delle circostanze. L'amor della fama negli uomini riceve incoraggiamenti e ricompense: «disprezzare il piacere e vivere nel lavoro per amor della fama, è, si dice, proprio delli spiriti nobili, forse la loro ultima debolezza», e vi si è spinti perchè la fama apre l'accesso a tutti gli oggetti dell'ambizione, compreso il favore delle donne; mentre alle donne tutti questi oggetti saranno sempre interdetti, ed il desiderio della fama, è per loro sfrontatezza. Inoltre come potrebbe farsi che tutti gli interessi delle donne non si concentrassero sulle persone che formano il tessuto della loro vita di tutti i giorni, quando la società ha prescritto che tutti i di lei doveri avrebbero quelle per oggetti, e prese delle misure perchè tutta la felicità delle donne ne dipendesse? Il natural desiderio di ottenere la considerazione dei nostri simili è tanto forte nell'uomo quanto nella donna, ma la società ha disposte le cose in modo che la donna non può nei casi ordinari arrivare alla considerazione, che pel tramite del marito o dei suoi parenti di sesso maschile, e la donna si espone a perderla quando si mette personalmente in vista, o si mostra in altra forma che come accessorio dell'uomo. L'individuo meno capace di apprezzare l'influenza che esercitano sullo spirito di una persona la sua posizione nella famiglia e nella società e tutte le abitudini della vita, deve trovarvi senza fatica la spiegazione di quasi tutte le differenze fra li uomini e le donne comprese quelle che dinotano una qualunque debolezza.

Le differenze morali, se per queste parole s'intendono quelle che hanno rapporto colle facoltà affettive per distinguerle dalle intellettuali, sono secondo l'opinione generale a vantaggio delle donne. Si afferma ch'esse valgono più degli uomini; vana formula di cortesia che deve chiamare un amaro sorriso sulle labbra di ogni donna di cuore, dacchè la sua situazione è la sola al mondo nella quale si reputi migliore un ordine di cose che subordina il migliore al peggiore. Se queste sciocchezze sono utili a qualche cosa è a dimostrare che gli uomini conoscono l'influenza corruttrice del potere, è la sola verità che la superiorità morale delle donne, se esiste, provi e metta in luce. Convengo che la servitù corrompe meno lo schiavo che il padrone, salvo quando sia spinta fino all'abbrutimento. È meglio per un essere morale, subire un giogo, fosse pur'esso un potere arbitrario, che non esercitare questo potere senza controllo. Le donne, dicesi, cadono più di rado sotto i colpi della legge penale, ed occupano minor posto nelle statistiche dei delitti. Io non dubito che non si possa dire altrettanto degli schiavi negri. Coloro che stanno sotto l'altrui autorità, non possono commetter sovente delitti se non è dietro comando e pel servizio dei loro padroni. Io non conosco esempio più sensibile dell'acciecamento col quale il mondo, e non ne eccettuo gli studiosi, sdegna e trascura le influenze delle circostanze sociali, che questo fatuo abbassamento delle facoltà intellettuali accanto questo sciocco panegirico della natura morale della donna.

Il complimento che si fa alle donne sulla loro bontà morale può camminare di pari passo col rimprovero che loro si fa di cedere facilmente alle inclinazioni del cuore. Si dice che le donne non sono capaci di resistere alle loro personali parzialità; che negli affari gravi, le loro simpatie ed antipatie falsano il loro giudizio. Ammettiamo la verità dell'accusa, sarebbe ancora d'uopo provare che le donne siano più spesso traviate pei loro personali sentimenti che non gli uomini per il loro personale interesse. La principale differenza fra l'uomo e la donna, sarebbe che l'uomo è stornato dal dovere e dall'interesse pubblico per l'attenzione ch'egli ha per sè stesso, e che la donna, alla quale non si concede e non si riconosce alcun interesse proprio, ne è distolta per l'attenzione ch'ella ha per qualche altra persona. È anche d'uopo considerare che tutta l'educazione che le donne ricevono in società inculca loro il sentimento che gl'individui ai quali sono vincolate sono i soli verso i quali esse abbiano dei doveri, i soli i cui interessi ella deve curare mentre che la loro educazione le lascia straniere alle idee le più elementari che bisogna possedere per comprendere i grandi interessi e i grandi oggetti della morale. Il rimprovero significa che le donne compiono troppo fedelmente l'unico dovere che si insegna loro, ed il solo press'a poco che si permetta loro di praticare.

Quando i possessori di un privilegio fanno delle concessioni a quelli che ne sono privi, accade di rado che ciò sia, per altra ragione che perchè questi acquistano il potere di estorcerlo. È probabile che gli argomenti contro le prerogative di un sesso attireranno poco l'attenzione generale finchè si potrà dire che le donne non si lagnano. Questo fatto permette certamente all'uomo di conservare più a lungo un ingiusto privilegio: ma ciò non lo fa meno ingiusto. Si può dire esattamente la stesa cosa delle donne rinchiuse negli harem degli Orientali, esse non si lagnano di non godere della libertà delle donne d'Europa. Esse trovano le nostre donne orribilmente sfrontate. Quanto è rado che anche gli uomini si lagnino dello stato generale della società, e come questi lamenti sarebbero ancora più rari se non sapessero esservi altrove un altro stato! Le donne non si lagnano della sorte del loro sesso, o piuttosto se ne lagnano, poichè le lamentevoli elegie sono comunissime negli scritti delle donne, e lo erano ancora più quando i loro lamenti non erano sospetti d'aversi di mira un cangiamento di condizioni pel loro sesso. I loro lamenti sono come quelli che gli uomini fanno sulle miserie della vita; esse non hanno la portata di un biasimo e non reclamano un cangiamento. Ma se le donne non si lagnano del potere dei mariti, ciascheduna si lagna del suo, o di quello delle sue amiche. Accade lo stesso in tutte le altre servitù, almeno sull'esordire di un movimento di emancipazione. I servi, non si lagnarono a tutta prima del potere dei loro signori, ma soltanto della loro tirannia. I comuni cominciarono dal reclamare un piccol numero di privilegi municipali: più tardi vollero essere esenti da ogni tassa che essi non avessero consentita, ma in questo punto medesimo essi avrebbero creduto far atto di presunzione inaudita, se avessero preteso dividere l'autorità sovrana del re. Le donne sono oggi le sole persone per le quali la rivolta contro le norme stabilite è riguardata collo stesso occhio col quale si riguardava la pretesa di un suddito al diritto d'insurrezione contro il suo re. Una donna che si unisce ad un movimento qualunque, che suo marito disapprova, si fa martire senza poter essere apostolo, poichè il marito può mettere legalmente fine all'apostolato. Non si può aspettarsi che le donne si consacrino all'emancipazione del loro sesso, fino a che gli uomini in gran numero non saranno preparati ad associarsi a loro nell'impresa.

IV.

Ci rimane a toccare un'altra questione non meno grave di quelle che già abbiamo discusse e che solleveranno con maggiore insistenza gli avversarii che sentono le loro convinzioni un po' scosse sul punto principale. Qual bene sperate voi dal cangiamento che volete operare nei nostri costumi e nelle nostre istituzioni? Se le donne fossero libere, forsechè l'umanità se ne troverebbe meglio? Se no, perchè agitare i loro spiriti a fare una rivoluzione sociale in nome di un diritto astratto?

Non si deve guari aspettarsi a veder intavolare questa questione a proposito d'un cangiamento da recare alla condizione delle donne nel matrimonio. I patimenti, le immoralità, i mali d'ogni sorta prodotti in casi innumerevoli, per la subordinazione di una donna ad un uomo, sono troppo spaventosi, per essere misconosciuti. Le persone irriflessive o poco sincere che tengono poco conto dei casi che non arrivano alla luce della pubblicità possono dire che il male è eccezionale; ma niuno potrebbe acciecarsi sulla sua esistenza, nè quel che accade spesso, sulla sua intensità. È perfettamente evidente che gli abusi del poter maritale non possono reprimersi finchè questi resta in piedi. Non solo agli uomini onesti e buoni, agli uomini un cotal poco rispettabili si conferisce questo potere, ma eziandio ai più brutali, ai più scellerati, a quelli che non hanno altro freno per moderarne gli abusi che l'opinione; e per tali uomini non v'è altra opinione che quella dei loro simili. Se esseri simili non facessero pesare una crudele tirannia sulla persona umana che la legge costringe a tutto sopportare da loro parte, la società sarebbe già un paradiso. Non sarebbero necessarie delle leggi per metter freno ai viziosi istinti degli uomini. Non solo Astrea sarebbe di ritorno alla terra, ma il cuore del peggior degli uomini sarebbe suo tempio. La legge della servitù nel matrimonio è una mostruosa contraddizione a tutti i principi del mondo moderno e a tutta l'esperienza che ha servito ad elaborarli. A parte la schiavitù dei negri, è il solo esempio in cui si vede un membro dell'umanità godendo di tutte le sue facoltà, messo alla balìa d'un altro colla lusinga che questi userà del suo potere pel bene unicamente della persona che gli è soggetta. Il matrimonio è la sola servitù reale riconosciuta dalle nostre leggi. Non v'è più altro schiavo davanti alla legge che la padrona di ciascuna casa.

Non sarà dunque per questa parte del nostro argomento che la questione cui bono sarà sollevata. Si può dirci che il male la vincerà sul bene, ma la realtà del bene non potrà essere contestata. Ma sulla questione di più larga portata della soppressione della incapacità delle donne, e della parificazione all'uomo per tutto ciò che è inerente ai diritti di cittadino, dell'ammissione a tutti gl'impieghi onorevoli ed all'educazione che fanno idonei a questi impieghi, sopra questa questione vi sono molti ai quali non basta che l'ineguaglianza non abbia niuna ragione giusta e legittima; esse vogliono sapere qual vantaggio si otterrà abolendola.

Io rispondo, in prima, il vantaggio di far regolare la più universale e radicale delle relazioni, dalla giustizia invece che dall'ingiustizia. Non v'è spiegazione, non v'è esempio che possa rischiarare di luce più viva il guadagno che farebbe l'umanità, che queste parole, per chi vi annette un senso morale. Tutti gli istinti egoisti, il culto di sè stesso, l'ingiusta preferenza di sè, che dominano l'umanità, hanno sorgente e radice nella costituzione attuale dei rapporti fra l'uomo e la donna e vi attingono la forza principale. Pensate quel che deve frullare pel capo ad un ragazzo che giunge all'età virile colla credenza che senza merito alcuno, senza aver nulla fatto per sè stesso, foss'egli il più frivolo ed imbecille degli uomini, per il solo fatto d'esser nato maschio, è superiore di diritto a tutta una metà del genere umano, senza eccezione, nella quale metà trovansi pur comprese persone delle quali può, ad ogni giorno e ad ogni ora, sentire la superiorità. Può accadere che, in tutta la sua condotta, egli segua abitualmente la direzione di una donna, ma, allora, s'egli è sciocco crede tuttora che questa donna non è e non può essergli eguale in capacità ed in giudizio; e se non è sciocco, tanto peggio: egli riconosce la superiorità di questa donna, e tuttavia egli crede aver diritto di comandare e ch'ella è tenuta ad obbedire. Qual effetto questa lezione farà d'essa sul suo carattere? Le persone illuminate non si fanno illusione sulla profondità alla quale penetra il suo veleno nella grande maggioranza degli uomini. Infatti presso le persone elevate e di buon senso, ogni imagine d'ineguaglianza è scostata sopratutto agli occhi dei figli; vi si esige dai figli altrettanta obbedienza per la madre che pel padre, non si permette ai ragazzi di farla da padroni colle sorelle, non si avvezzano a considerarle meno di essi: all'opposto, si sviluppano in essi i sentimenti cavallereschi, lasciando nell'ombra la servitù che li rende necessari. I giovani ben allevati delle classi superiori evitano spesso così le male influenze della situazione dai loro primi anni: essi non ne fanno la prova che quando giungono all'età virile, quando entrano nella vita reale. Queste persone non sanno quanto, in un giovinetto allevato diversamente, la nozione, della sua superiorità sopra una ragazza germoglia per tempo, ingrandisce, e si fortifica, a misura che egli ingrandisce e si fortifica; esse ignorano come uno scolaro l'inculca ad un altro, come un giovine impara presto a sentirsi superiore a sua madre, a credere di doverle dei riguardi, ma nessun rispetto reale; con qual maestoso sentimento di superiorità egli si sente come un sultano sulla donna che ammette all'onore di dividere la sua esistenza. Forsechè non è a figurarsi che tutto questo non corrompe l'uomo tutt'intiero e come individuo e come membro della società? Accade qui come di un re ereditario che si crede migliore di tutti perchè nato re, o di un nobile perchè nato nobile. Il rapporto di un marito colla sua moglie assomiglia molto a quello di un signore col suo vassallo, salvo la differenza che la donna è tenuta a maggior obbedienza verso il marito, che altre volte il vassallo verso il suo signore. Che il carattere del vassallo divenisse migliore o peggiore per effetto di questa subordinazione, chi non vede che il carattere del signore diveniva peggiore, sia ch'egli venisse a considerare i vassalli come inferiori a lui, sia ch'egli si sentisse posto al disopra di persone dabbene al par di lui senza averlo meritato, ed unicamente, come dice Figaro, per aver fatto la fatica di nascere? Il culto che il monarca od il signore feudale rendevano a sè stessi ha il suo riscontro in quello che il maschio rende a sè stesso. Gli uomini non sono avvezzi dall'infanzia a vedersi in possesso di distinzioni che essi non han meritato, senza cavarne motivo d'inorgoglire. Coloro che possessori di privilegi ch'essi non han meritati, sentono che il loro valore non è all'altezza di questi privilegi e ne divengono più umili sono pochi, e non debbono cercarsi che fra i migliori. Gli altri sono tronfii d'orgoglio e della peggiore specie d'orgoglio, che consiste nello stimarsi non per azioni proprie, ma per vantaggi dovuti all'azzardo. Quelli il cui carattere è tenero e coscienzioso, sentendosi innalzati al disopra di tutto un sesso ed investiti dell'autorità sopra uno dei suoi membri, imparano l'arte dei riguardi attenti ed affettuosi, ma per gli altri questa autorità non è che un'accademia, un collegio ove imparano ad essere insopportabili ed impertinenti; forse la certezza di incontrare della resistenza presso gli altri uomini loro eguali nelle relazioni della vita, fa sì ch'essi padroneggino i loro vizii, ma essi lascieranno loro briglia sciolta sopra quelli che, per loro posizione sono costretti a tollerarli, e si vendicheranno spesso sopra un'infelice donna della involontaria costrizione che devono imporsi, dappertutto altrove. L'esempio e l'educazione che dà ai sentimenti della vita domestica basata sopra relazioni in contraddizione coi primi principi della giustizia sociale debbono, in virtù della stessa natura dell'uomo esercitare un'influenza demoralizzatrice così grande che, appena si può colla nostra attuale esperienza esaltarsi l'imaginazione al punto di concepire l'immensità dei beneficii che l'umanità raccoglierebbe dalla soppressione dell'ineguaglianza dei sessi. Tutto quel che l'educazione e la civilizzazione fanno per distruggere l'influenza della legge della forza sul carattere, e sostituirvi quella della giustizia, non passerà oltre la superficie fino a che la cittadella del nemico non sarà attaccata. Il principio del movimento moderno in morale ed in politica, si è che la condotta e la sola condotta dà dritto al rispetto; che ciò che l'uomo fa, non quel che è, costituisce il suo diritto alla deferenza altrui, e sopratutto che il merito, non la nascita, è il solo titolo legittimo all'esercizio del potere e dell'autorità. Se una persona umana non avesse sull'altra un'autorità che non fosse d'indole sua temporaria, la società non passerebbe mica il suo tempo ad accarezzare con una mano delle tendenze che deve reprimere coll'altra: per la prima volta dacchè l'uomo è sulla terra, il fanciullo sarebbe addestrato a camminare nella via nella quale deve inoltrare, e fatto adulto, vi sarebbe una probabilità che non l'abbandonasse. Ma finchè il dritto del forte sul debole, regnerà nel cuore stesso della società, si avrà a lottare con dolorosi sforzi per far basare le relazioni umane sul principio che il debole ha i diritti stessi del forte, e la legge della giustizia, che è quella ancora del cristianesimo, non regnerà mai pienamente sui sentimenti dell'uomo; essi lavoreranno contro di lei, anche allora che si inchineranno davanti a lei.

Il secondo beneficio, che si può aspettare dalla libertà che si darà alle donne di usare delle loro facoltà, lasciando loro la libera scelta della maniera d'impiegarle, aprendo loro lo stesso campo d'occupazione e proponendo loro gli stessi premi ed incoraggiamenti che agli uomini sarebbe di raddoppiare la somma delle facoltà intellettuali che l'umanità avrebbe al suo servizio. L'attual numero di persone atte a fare il bene dell'umanità ed a promuovere il generale progresso pel pubblico insegnamento, per l'amministrazione di qualche ramo della cosa pubblica o sociale, sarebbe allora raddoppiato. La capacità di spirito in tutti i generi è ora dappertutto talmente al di sotto della ricerca, v'è tal penuria di persone atte a fare perfettamente tutto ciò che esige una notevole capacità, che il mondo fa una perdita estremamente seria, ricusando di usare di una metà della totalità dei talenti che possiede. È vero che questa metà non è completamente perduta. Una gran parte è impiegata e lo sarebbe sempre al governo della casa, e ad altre occupazioni attualmente aperte alle donne, il resto costituisce un beneficio indiretto che si trova in molti casi, nell'influenza personale di una donna su un uomo. Ma questi profitti sono eccezionali, la portata ne è estremamente limitata, e se bisogna da una parte portarli a deduzione della somma di potenza nuova che il mondo acquisterebbe per la liberazione di una metà dell'intelligenza umana, è d'uopo aggiungere dall'altra parte il beneficio di uno stimolante che sarebbe applicato allo spirito dell'uomo per la competizione, o per servirmi di un'espressione più vera, per la necessità che gli sarebbe imposta di meritare il primo rango prima di ottenerlo. Questo grande aumento del potere intellettuale della specie, e della somma di intelligenze disponibili per la buona gestione delli affari, risulterebbe in parte dall'educazione migliore e più completa delle facoltà intellettuali delle donne che si perfezionerebbero pari passu con quelle dell'uomo; il che renderebbe le donne tanto capaci di comprendere gli affari, la politica, e le alte questioni di filosofia, quanto gli uomini della stessa posizione sociale. Allora il piccol numero di persone che compongono la parte eletta dei due sessi, e che sono capaci non solo di comprendere gli atti ed i pensieri altrui, ma ancora di pensare e fare qualche cosa da sè stessi, potrebbero agevolmente perfezionare, ed addestrare le loro attitudini in un sesso come nell'altro. L'estensione della sfera d'attività delle donne avrebbe il felice risultato di elevare la loro educazione a livello di quella dell'uomo, e di farle partecipare a tutti i progressi. Ma indipendentemente da questo, il solo abbassamento della barriera sarebbe per lui stessa un insegnamento del più alto valore. Quand'anche non si facesse che rigettare l'idea che i più alti soggetti di pensiero e d'azione, che tutto ciò che è di generale interesse e non unicamente d'interesse privato, è l'affare dell'uomo, che è d'uopo stornarne le donne, interdirne loro la maggior parte e tollerare, senza incoraggiarle, ch'esse tocchino al resto; quand'anche non si facesse che dare alle donne la coscienza d'esser persone come l'altre, avendo al par dell'altre dritto a scegliere la loro carriera, trovandovi le stesse ragioni di interessarsi a tutto ciò che interessa gli uomini, potendo esercitare sugli affari umani la parte d'influenza che appartiene ad ogni opinione individuale, si partecipi o non alla loro gestione, questo solo produrrebbe una enorme espansione delle facoltà delle donne, ed in pari tempo si allargherebbe la portata dei loro sentimenti morali.

Non solo si vedrebbe accrescere il numero delle persone di talento proprie al maneggio delli affari umani, che certo non ne sono ora talmente provvisti in oggi che possano far senza del contingente che la metà della specie umana potrebbe fornire, ma l'opinione delle donne avrebbe un'influenza migliore piuttosto che un'influenza più grande sulla massa generale dei sentimenti e delle credenze umane. Dico, migliore, piuttosto che più grande poichè, l'influenza delle donne sull'intonazione generale dell'opinione è stata sempre considerevole, od almeno lo è stata dai primi tempi storici. L'influenza delle madri sulla formazione del carattere dei loro figli, ed il desiderio dei giovani di farsi valere presso le giovani donne, hanno prodotto in ogni tempo un grande effetto sulla formazione del carattere, e determinato qualcuno dei grandi progressi della civilizzazione. Già all'epoca di Omero si vedeva nelle specie di pudore davanti alle Troiane dagli strascicanti pepli un motivo potente e legittimo che spinge il grande Ettore all'azione. L'influenza morale delle donne si è manifestata in due diverse maniere. In prima addolcendo i costumi. Le persone più esposte a divenir vittime della violenza hanno naturalmente fatti tutti gli sforzi per moderarne gli eccessi: quelle che non avevano imparato a combattere, furon naturalmente portate di preferenza per tutti i mezzi di accomodare le divergenze altrimenti che colla guerra. In generale le persone che ebbero molto a soffrire dai trasporti di una passione egoista furono i più fermi difensori di ogni legge morale che poteva porre un freno alle passioni. Delle donne hanno potentemente contribuito a condurre i conquistatori barbari al cristianesimo, religione ben più favorevole alla donna che tutte quelle che l'han preceduta. Si può dire doversi alle mogli di Ethlelberto e di Clodoveo, l'inizio della conversione degli AngloSassoni e dei Franchi.

L'opinione delle donne ha esercitato una notevole influenza anche per un altro rispetto: essa fu stimolo poderoso a tutte le facoltà dell'uomo non coltivate nella donna, e ch'esse aveano, per conseguenza, bisogno di trovare nei loro protettori. Il coraggio e le virtù militari, hanno sempre trovato alimento nel desiderio che gli uomini sentono d'essere ammirati dalle donne, l'influenza di questo stimolo si è esercitata anche all'infuora da questa classe di qualità eminenti poichè, per un effetto naturalissimo della posizione secondaria delle donne il miglior mezzo di piacer loro e farsene ammirare fu quello di occupare un rango elevato nella considerazione delli uomini. Dall'azione combinata di queste due specie d'influenza delle donne è nato lo spirito di cavalleria il cui carattere era di unire il tipo più elevato delle virtù guerriere a virtù di indole affatto opposta, la dolcezza, la generosità, l'abnegazione personale verso le classi non militari, ed in generale senza difesa, una sommessione speciale alla donna ed un culto pel suo sesso che si distingueva da tutte le altre classi d'esseri deboli per l'alta ricompensa che la donna poteva accordare volontariamente a quelli che si sforzava d'ottenere il suo favore, in luogo di costringerla colla violenza all'obbedienza. La cavalleria, è vero, rimase deplorevolmente ben lungi al suo tipo ideale, più ancora di quel che la pratica non resti indietro dalla teoria: è tuttavia uno dei più bei monumenti della storia morale della nostra razza, è un esempio notevole di un tentativo organizzato e concertato da una società in disordine per proclamare e mettere in pratica un ideale morale ben superiore alle sue istituzioni ed alle sue condizioni sociali: ecco quel che l'ha fatta fallire nel suo principiale oggetto, e tuttavia non è stata interamente sterile ed ha lasciato una sensibilissima impronta, ed estremamente preziosa sulle idee ed i sentimenti dei tempi posteriori.

L'idea cavalleresca è l'apogeo dell'influenza dei sentimenti delle donne sulla coltura morale della società, se le donne dovessero restare nella loro posizione subordinata sarebbe a rimpiangere che il tipo cavalleresco sia scomparso, poichè potea sol'esso moderarne l'influenza demoralizzatrice. Ma dopo i cangiamenti sopravvenuti nello stato generale della umanità, era inevitabile che un ideale di moralità tutto diverso si sostituisse all'ideale della cavalleria. La cavalleria fu uno sforzo per introdurre degli elementi morali nello stato sociale ove tutto dipendeva in bene od in male dal valore della persona, dall'influenza benefica della sua delicatezza e della sua generosità. Nelle società moderne, gli stessi affari militari non sono più determinati dallo sforzo dell'individuo ma dell'azione combinata di un gran numero d'individui; d'altra parte l'occupazione principale della società ha cangiato, la lotta armata ha ceduto il posto alli affari, il regime militare al regime industriale. Le esigenze della vita nuova, non escludono meno delle antiche la generosità, ma non ne dipendono più interamente; i veri fondamenti della vita morale dei tempi moderni devono essere la giustizia e la prudenza; il rispetto di ciascuno ai diritti di tutti, e l'attitudine di ciascuno a pigliarsi cura di sè stesso. La cavalleria non opponeva freno legale a nessuna delle forme del male che regnavano impunite in tutti i strati della società, e s'accontentava d'incoraggiare alcuni uomini al bene e stornarli dal male facendosi arma della lode e dell'ammirazione. Ma ciò che fa la forza della moralità, è la sanzione penale di cui è armata; ecco il suo potere per istornare dal male. La sicurezza della società si appoggia male sopra una sì debole sanzione, quale è l'onore che ne viene alle buone azioni; per tutti una tale ricompensa è un motivo infinitamente debole più del timore, con poche eccezioni all'incirca, e per molti rimane assolutamente senza effetto. La società moderna è capace di reprimere il male in tutti i suoi membri servendosi utilmente della forza superiore che la civiltà ha posto nelle sue mani; essa può rendere l'esistenza tollerabile pei membri deboli (sotto la protezione ormai universale ed imparziale delle leggi) senza ch'essi possano mettere la loro speranza nei sentimenti cavallereschi di quelli che sono in posizione di tiranneggiarli. La bellezza e la grazia del carattere cavalleresco, sono rimaste quelle che erano, ma i diritti del debole al benessere generale riposa sopra una base più assicurata. È così dovunque, salvo che nella vita coniugale.

Oggi l'influenza morale della donna non è meno reale, ma non così marcata e definita, essa è in gran parte scomparsa nell'influenza generale dell'opinione pubblica. La simpatia comunicandosi, ed il desiderio che hanno gli uomini di brillare agli occhi delle donne, danno ai sentimenti di queste una grande influenza, che conserva i residui dell'ideale cavalleresco, coltiva i sentimenti elevati e generosi e continua quella nobile tradizione. Da questo lato l'ideale della donna è superiore a quello dell'uomo; dal lato della giustizia è inferiore. Quanto alle relazioni della vita privata, si può dire in modo generico che la sua influenza incoraggia le virtù dolci, e sconforta le virtù austere; ma è d'uopo temperare questa proposizione per tutte le eccezioni che possono fornirci le differenze particolari dei caratteri. Pei maggiori dibattimenti in cui la virtù si trova impegnata nel mondo, i conflitti fra gl'interessi ed i principii, l'influenza delle donne ha una tendenza assai poca determinata. Quando il principio impegnato nel conflitto è del piccol numero di quelli che ha impresso su di loro l'educazione morale e religiosa, le donne sono ausiliarii possenti della virtù e spingono sovente i mariti ed i figli ad atti d'abnegazione dei quali essi non sarebbero da soli capaci. Ma coll'educazione attuale delle donne e la posizione che è loro fatta, i principii morali da esse ricevuti non si estendono che su una porzione relativamente debole del dominio della virtù: sono d'altronde i principii principalmente negativi: essi vietano atti particolari, ma non danno nulla da fare coll'indirizzo generale delle idee e delle azioni. Temo di dover confessare che il disinteresse, l'impiego consacrato delle forze a fini che non promettono alla famiglia nessun vantaggio trovano di rado l'appoggio o l'incoraggiamento delle donne. Puossi biasimarle fortemente di staccarsi da fini dei quali non hanno imparato a vedere i vantaggi, che dilungano da loro gli uomini che loro appartengono e li tolgono agli interessi della famiglia? Tuttavia ne risulta che l'influenza delle donne è spesso lungi d'esser favorevole alle virtù politiche.

Le donne esercitano tuttavia qualche influenza dando l'intonazione alla moralità politica, dacchè la loro sfera d'azione si è un cotal poco allargata, e che molte fra esse si occupano all'infuori della famiglia e della casa. La loro influenza conta per molto in due fra i tratti più sensibili della vita moderna in Europa, l'avversione per la guerra, ed il gusto della filantropia. Due tratti eccellenti. Ma sgraziatamente, se l'influenza delle donne è preziosa perchè incoraggia i sentimenti generali, essa è sovente tanto perniciosa quanto utile, nell'indirizzo ch'ella dà alle applicazioni particolari. Nelle quistioni di filantropia, i due punti che le donne coltivano di preferenza sono il proselitismo religioso e la carità. Il proselitismo religioso in fondo non è che il ravvivamento delle animosità religiose; al di fuori il proselitismo si getta ciecamente innanzi senza conoscere o senza notare gli effetti funesti allo scopo stesso della religione, come pure agli altri obietti desiderabili, che spesso producono i mezzi impiegati. Quanto alla carità, è una materia nella quale l'effetto immediato sulle persone che si vogliono soccorrere e la conseguenza pel bene generale sono spesso in contraddizione l'uno coll'altro. L'educazione data alle donne contemplando il cuore piuttosto che l'intelligenza, e l'abitudine, ch'esse portano da tutte le circostanze della vita, di considerare gli effetti immediati sulle persone, non gli effetti lontani sulle classi di persone, le rendono incapaci a vedere, e mal preparate a riconoscere le tendenze meno buone di una forma di carità o di filantropia che si raccomanda alle loro simpatie. La massa enorme e sempre crescente di sentimenti poco illuminati e diretti dalle vedute brevi che tolgono alle genti le cure della propria vita e le dispensano dalle conseguenze fastidiose dei propri atti, distruggono le vere fondamenta delle tre abitudini che consistono nel rispettarsi, nel contare sopra di sè, nell'avere impero sopra di sè, condizioni integranti alla prosperità dell'individuo ed alla virtù sociale. L'azione diretta delle donne e la loro influenza aumentano smisuratamente questo sciupio delle risorse e della benevolenza che producano così il male in luogo del bene. Io non voglio accusare le donne, che dirigono istituti di beneficenza, di essere particolarmente soggette a questo errore. Accade talora che le donne portando nell'amministrazione delle carità pubbliche, questa osservazione dei fatti presenti e sopra tutto dello spirito e dei sentimenti di quelli coi quali sono in rapporto immediato, osservazione nella quale le donne sono d'ordinario superiori agli uomini, riconoscono nel modo più lucido, l'azione demoralizzatrice della limosina e del soccorso, e potrebbero insegnarla a parecchi economisti dell'altro sesso. Ma le donne che si limitano a dare dei soccorsi e non si mettono faccia a faccia cogli effetti che producono come potrebbero desse prevederli? Una donna nota nella sorte attuale delle donne, e che se ne contenta come potrebb'ella apprezzare il bene dell'indipendenza? Ella non è indipendente e non ha imparato ad esserlo; il suo destino è di ricevere tutto dagli altri, perchè dunque quel che è buono per lei, non lo sarebbe pei poveri? Il bene non le appare che sotto una sola forma, quella di un beneficio che discende da un superiore. Ella dimentica che ella non è libera e che i poveri lo sono: che se loro si dà il fa bisogno senza ch'essi lo guadagnino, non sono più costretti a guadagnarlo; che tutti non possono essere oggetti delle cure di tutti, ma che è d'uopo che le persone abbiamo dei motivi, che le spingono a prendersi cura di se stessi, e che la sola carità, che sia definitivamente una carità è quella che aiuta il povero ad aiutarsi da sè, se ne è fisicamente capace.

Queste considerazioni mostrano come la parte che le donne prendono alla formazione generale dell'opinione acquisterebbe ad essere rischiarata da un'istruzione più larga ed una pratica cognizione delle cose che l'opinione delle donne influenza: sarebbe questo il risultato necessario della loro emancipazione sociale e politica. Ma il miglioramento che l'emancipazione produrrebbe per l'influenza che ogni donna esercita nella famiglia sarebbe ancora più considerevole.

Si dice spesso che nelle classi più esposte alla tentazione, l'uomo è trattenuto nella via dell'onestà e della buona condotta per la moglie e pei figli, tanto per l'influenza della prima, quanto per l'interesse ch'egli sente pel bene dei suoi.

Sarà così senza dubbio, ed è così sovente di coloro che sono più deboli che cattivi; e questa benefica influenza sarebbe fortificata e conservata da leggi d'eguaglianza; essa non discende dalla servitù della donna, essa è all'opposto svigorita dal disdegno che gli uomini inferiori sentono sempre in fondo al cuore per coloro che sono soggetti al loro potere. Ma se ci eleviamo nella scala sociale, noi arriviamo in una sfera di motori affatto diversi. L'influenza della moglie tende effettivamente ad impedire al marito di decadere dal tipo che gode l'approvazione generale nel paese, ma tende altrettanto energicamente ad impedirgli di elevarsi al disopra. La donna è l'ausiliare dell'opinione pubblica volgare. Un uomo congiunto ad una donna che gli è inferiore in intelligenza, trova in essa una palla da cannone da trascinare, e peggio ancora una forza di resistenza da vincere, tutte le volte che aspira a divenir migliore che l'opinione pubblica non pretende. Non è guari possibile ad un uomo così incatenato di pervenire ad un eminente grado di virtù. S'egli differisce d'opinione dalle masse, s'egli vede delle verità la cui luce non è loro per anco visibile, o s'egli sente nel suo cuore principi, che si onorano colla bocca, e s'egli vuole conformarvi la sua vita con più coscienza che non la pluralità degli uomini, egli trova nel matrimonio il più deplorabile degli ostacoli a meno che sua moglie non sia al par di lui superiore al livello comune.

Infatti, in primo luogo, gli è d'uopo sempre sacrificare alcun che della sua fortuna, o delle sue relazioni, forse gli sarà anche d'uopo di arrischiare i suoi mezzi d'esistenza. Questi sacrifici, questi rischi, egli li affronterebbe se non si trattasse che di lui, ma prima di imporle alla sua famiglia egli si arresterà; la sua famiglia, è la sua moglie e le sue figlie, poichè egli spera sempre che i suoi figli divideranno i suoi sentimenti, ch'essi potranno far senza di quello di cui egli può far senza, e ne faranno volentieri il sacrificio alla medesima causa. Ma queste figlie, il loro matrimonio dipenderà dalla sua condotta; ma sua moglie è incapace di penetrare il fondo delle cose per le quali egli fa questi sacrifici; s'ella crede che questa causa li valga è unicamente per amore e per fiducia in lui, ella non può dividere l'entusiasmo che lo trasporta o l'approvazione che la sua coscienza gli dà; mentre quello ch'egli vuol sacrificare è il più prezioso per lei. L'uomo migliore e disinteressato esisterà lunga pezza prima di far ricadere sulla consorte le conseguenze della sua scelta. Quand'anche non si trattasse di sacrificare il benessere della sua vita, ma solo la considerazione sociale, il fardello che peserebbe sulla sua coscienza sarebbe ancora troppo grave.

Chiunque ha moglie e figli ha dato degli ostaggi all'opinione del mondo. L'approvazione di questa potenza può essere per un uomo un oggetto indifferente, ma per sua moglie è un oggetto molto importante. L'uomo può mettersi al disopra dell'opinione o consolarsi dei suoi giudizi coll'approvazione di quelli che pensano come lui; ma a sua moglie ed alle sue figlie egli non può offrire alcun compenso. La tendenza press'a poco invariabile che porta la donna a mettere la sua influenza dal lato nel quale si acquista la considerazione del mondo, le è stata sovente rimproverata; vi si è visto un tratto di debolezza e di puerilità. Questo rimprovero è certamente una grande ingiustizia. La società fa dell'intera vita delle donne nelle classi agiate, un sacrificio perpetuo; essa esige ch'essa comprima incessantemente le sue naturali inclinazioni, ed in compenso di tutto quel che si potrebbe sovente chiamare un martirio, essa non le dà che la considerazione. Ma la considerazione della donna non si scinde mai da quella del marito; e, dopo ch'ella l'ha comprata e pagata, ella se ne vede ancora privata per ragioni delle quali non può sentire la potenza. Ella ha sacrificato tutta la sua vita e suo marito non può sacrificarle un capriccio, una singolarità una eccentricità che il mondo non riconosce e non ammette, che è pel mondo una follìa se non peggio. Il dilemma è crudele sopratutto per questa classe meritevolissima d'uomini che senza possedere i talenti che permettono di figurare fra quelli di cui dividono le opinioni, li sostengono per convinzione, si sentono tenuti per onore e coscienza a servirli, a far professione della loro credenza, ad impiegarvi il loro tempo ed il loro lavoro e ad aiutare tutte le imprese che si tentano in loro favore. La loro posizione è ancora più imbarazzante quando questi uomini sono d'un rango e d'una posizione che da sè stessi, non danno loro nè loro chiudono l'accesso, di ciò che si chiama la migliore società. Quando la loro ammissione in questa società dipende da quel che si pensa di loro personalmente, per quanto siano irreprensibili le loro abitudini, s'essi hanno opinioni, e se tengono in politica una condotta, non ammessa da quelli che danno l'intonazione alla società, tanto basta, è per essi una ragione d'esclusione. Molte donne si lusingano, nove volte su dieci, e a tutto torto, che nulla impedisca ad esse ed ai loro mariti di penetrare nella più alta società locale, dove persone di loro conoscenza e della loro stessa classe si mischiano facilmente; ma sgraziatamente i loro mariti appartengano ad una Chiesa dissidente, o sono in voce di mischiarsi di politica radicale, che si vuole denigrare chiamandola demagogica. È questo, pensano desse, che impedisce ai loro figli d'ottenere un posto, od un avanzamento nell'armata; alle loro figlie di trovar buoni partiti; a loro stesse ed ai loro mariti di ricevere inviti, forse di vedersi conferire dei titoli, poichè esse non vedono che cosa le renderebbe meno degni degli altri. Con tale un'influenza in ciascuna casa, sia ch'ella si eserciti apertamente, o ch'essa agisca con tanta maggior potenza, quanto meno si rivela, è egli da meravigliare, se si ritarda in mezzo a questa mediocrità del come si deve che diviene il carattere saliente dei tempi moderni?

V'è un altro lato funesto, nel quale val la pena di studiare l'effetto, prodotto non direttamente dall'incapacità delle donne, ma per la grande differenza che queste incapacità creano fra la sua educazione ed il suo carattere da una parte, e l'educazione ed il carattere dell'uomo dall'altra. Nulla è più sfavorevole a questa unione di spiriti e di sentimenti che è l'ideale del matrimonio. Una società intima fra persone radicalmente diverse è una chimera. La differenza può attirare, ma è la somiglianza che trattiene, ed è in ragione della somiglianza che ciascuno degli sposi è atto a fare la felicità dell'altro. Finchè le donne saranno così diverse dagli uomini, qual meraviglia che gli uomini egoisti sentano il bisogno di possedere un potere arbitrario per arrestare in limine un conflitto d'inclinazione che deve durare tutta la vita, decidendo tutte le questioni in favore delle loro personali preferenze? Quando gli individui non si assomigliano affatto difficilmente può esservi fra loro alcuna reale identità d'interesse. Ora v'è spesso fra i coniugi delle differenze decise nell'opinione ch'esse si fanno delle più alte questioni del dovere. Che cosa è più una unione coniugale ove possano prodursi simili divergenze? Questo accade tuttavia sovente, dovunque le donne hanno convinzioni serie e sentonsi tenute ad obbedire. Ciò s'incontra spesso nei paesi cattolici, dove la donna trova nel suo disaccordo col marito un appoggio nell'unica altra autorità davanti alla quale ha imparato a curvarsi. Gli scrittori protestanti e liberali, colla solita ingenuità del potere che non è avvezzo a vedersi discutere, attaccano l'influenza dei preti sulle donne, meno perch'ella stia cattiva in sè stessa, che perchè essa è per l'infallibilità di quella del marito una rivale che eccita la donna alla rivolta. In Inghilterra vedonsi talvolta dei dissensi analoghi, quando una donna evangelica ha per marito un uomo che ha altre idee. Ma generalmente si si sbarazza da questa causa di dissenso, riducendo lo spirito della donna ad una tal nudità ch'ella non abbia altra opinione che quella del suo mondo, o quella che il marito le soffia. Quand'anche non vi fosse differenza d'opinioni una semplice differenza di gusti può ridurre, e di molto, la felicità coniugale. Si stimolano gl'istinti amorosi degli uomini, ma non si prepara la felicità del matrimonio, esagerando colle differenze dell'educazione quelle che possono risultare naturalmente dalla differenza dei sessi. Se gli sposi sono individui bene allevati e di buona condotta, essi si privano reciprocamente dei loro gusti; ma è una tolleranza simile che si ha in veduta quando si entra nel matrimonio? Queste differenze d'inclinazione ispireranno loro naturalmente desideri diversi su pressochè tutte le questioni interne se esse non sono represse dall'affetto o dal dovere. I due coniugi vorranno forse frequentare e ricevere società diverse. Ciascuno cercherà le persone che dividono i suoi gusti; le persone aggradevoli all'uno saranno indifferenti o sgradevoli all'altro; e non si può tuttavia fare che due sposi abbiano relazioni diverse, essi non possono vivere in parti separate della medesima casa, nè ricevere ciascuno diversi visitatori, come al tempo di Luigi XV. Essi non possono che avere diverse vedute sull'educazione dei figli; ciascuno vorrà veder riprodotti nei figli i suoi sentimenti: si farà forse fra essi un compromesso pel quale ciascuno si appagherà di una mezza soddisfazione, oppure la donna cederà, sovente con vivo rammarico, sia ch'ella rinunci, sia ch'ella insista nel contrariare sotto mano l'opera del marito.

Sarebbe senza dubbio, estrema follia il credere che queste discrepanze, di gusti e di sentimenti non esistono, se non perchè le donne sono allevate altrimenti che gli uomini, e che, in altre circostanze, che si potrebbero imaginare, non vi avrebbero queste dissonanze. Ma non si soverchiano i limiti della ragione dicendo, che sono immensamente infinitamente aggravate da quelle dell'educazione e rese irrimediabili. Coll'educazione che le donne ricevono, un uomo ed una donna non possono che ben di rado trovar l'uno nell'altro una simpatia reale di gusti e di desideri negli affari di tutti i giorni. Essi devono rassegnarvisi senza speranza e rinunciare a trovare nel compagno della loro vita questo idem velle, questo idem nolle che è per tutti il vincolo di una vera associazione: oppure se l'uomo vi giunge non è che scegliendo una donna di sì completa nullità che non abbia nè velle nè nolle, e si senta sempre tanto disposta ad una cosa quanto all'altra, purchè le si dica che cosa deve fare. Questo stesso calcolo può anche non riescire; la stupidità, e la debolezza non sono sempre una guarentigia della sommessione che si aspetta con tanta fiducia. Ma quando anche fosse, è questo l'ideale del matrimonio? Che cosa si dà egli l'uomo così, se non un'ancella od una padrona? Al contrario, quando due individui in luogo di non essere nulla son qualche cosa, quando si affezionano l'una all'altra, e non sono troppo dissimili, la parte che prendono frequentemente alle stesse cose, aiutate dalla mutua simpatia, sviluppa i germi di attitudini che ciascuno porta ad interessarsi di cose che non interessavano dapprima che l'altro; e produce poco a poco in entrambi una parità di gusti e di caratteri, modificando in una data misura, e che è più arricchendo le due nature, aggiungendo alla capacità dell'uno quella dell'altro. Questo accade spesso fra due amici dello stesso sesso che vivono molto insieme, e si produrrebbe comunemente ed anzi più comunemente nel matrimonio, se l'educazione, non diversificando tutto in tutto nei due sessi, non rendesse un'unione ben assortita press'a poco impossibile. Una volta guarito questo male quali che siano le altre differenze di gusti che dividono ancora gli sposi, vi sarebbe, in genere, unità ed unanimità sulle questioni che toccano ai grandi interessi della vita. Quando i due s'interessano parimenti a questi grandi oggetti, si prestano mutua assistenza, s'incoraggiano l'un l'altro in tutto quel che li concerne mentre le altre questioni nelle quali i loro gusti differiscono sembrano loro accessori; vi ha una base per un'amicizia solida e duratura, che farà che in ogni cosa, tutta la vita durante, ciascuno degli sposi preferirà il piacere dell'altro al proprio.

Io non ho considerato che la perdita della felicità e dei beni dell'unione coniugale, che risulta dalla semplice differenza tra la moglie ed il marito: ma v'è una cosa che aggrava prodigiosamente le male tendenze della dissomiglianza, è l'inferiorità. La semplice dissomiglianza quando non consiste che in differenze fra qualità buone, può fare un bene maggiore, favorendo lo sviluppo dei coniugi l'uno per l'altro, che non portare del male per lo sconcerto del loro benessere. Quando ciascuno degli sposi rivalizza coll'altro, desidera d'acquistare le qualità particolari che gli mancano, vi fa degli sforzi, la differenza che sussiste fra essi non produce una diversità d'interessi, ma rende l'identità d'interesse più perfetta, ed ingrandisce la parte che ciascuno gioca nella felicità dell'altro. Ma quando l'uno dei due sposi è di molto inferiore all'altro, nella intelligenza ed in educazione, e che non cerca attivamente coll'assistenza dell'altro di innalzarsi al suo livello, l'influenza intera dell'unione intima sullo sviluppo di quello che è superiore è funesta, e più funesta ancora, in un'unione felice che in una unione infelice. Non impunemente il più intelligente si condanna a vivere con chi gli è molto inferiore, che sceglie per suo intimo ed unico compagno. Ogni compagnia che non eleva, abbassa; e più è famigliare ed intima, e più ha questo risultato. Un uomo realmente superiore comincia quasi sempre a perdere del suo valore quando è re della sua società. Il marito unito ad una donna inferiore a lui, è sempre re nella sua società la più abituale. Da una banda il suo amor proprio è sempre appagato, dall'altra, egli adotta insensibilmente le maniere di sentire e di giudicare di spiriti più volgari e limitati. Questo male differisce da quelli che abbiamo finora esaminati in quanto tende ad aumentare. L'associazione degli uomini colle donne nella vita di ciascun giorno, è ben più stretta e completa che altre volte. Dapprima gli uomini attendevano fra loro ai piaceri ed alle occupazioni di loro scelta, e non davano alle donne che una piccola parte della loro vita. Oggi i progressi della civiltà, e la reazione che l'opinione ha fatto contro i passatempi grossolani, e gli eccessi della tavola che riempivano poco stante gli ozi della pluralità degli uomini, ed aggiungiamo pure il raffinarsi dei sentimenti moderni sulla reciprocanza dei doveri che legano il marito alla moglie, hanno condotto l'uomo a chiedere alla sua casa ed alle persone che l'abitano i piaceri e la compagnia di cui ha bisogno; d'altro lato il genere ed il grado di perfezionamento che s'è operato nell'educazione delle donne le ha rese in una data misura capaci di servir da compagne ai loro mariti nelle cose dello spirito, lasciandole nella pluralità dei casi irrimediabilmente inferiori. È per tal modo che il marito desideroso di una comunione intellettuale trova per soddisfarsi una comunione nella quale non impara nulla: una compagnia che non perfeziona, che non istimola, che prende il posto di quella che sarebbe stato suo dovere di ricercare, la società dei suoi eguali nelle facoltà dello spirito e nell'elevatezza delle vedute. Così si vedono giovani di belle speranze cessare di perfezionarsi col matrimonio; e dacchè si cessa di perfezionarsi, si degenera. La donna che non spinge innanzi il marito lo trattiene. Il marito cessa d'interessarsi a ciò che non ha interesse alcuno per sua moglie; egli non desidera più, ben presto non ama più e finalmente fugge la società che divideva le sue prime aspirazioni e che lo farebbe vergognare di averle abbandonate; le più nobili facoltà del suo cuore e del suo spirito cessano d'agire, e questo cangiamento coincidendo cogli interessi nuovi ed egoisti creati dalla famiglia, egli non differisce più, dopo alcuni anni, in alcun punto essenziale da coloro che non hanno mai avuto altro desiderio che di soddisfare una vanità volgare e l'amore del lucro.

Che sarebbe il matrimonio di due persone istruite colle stesse opinioni, le stesse vedute, eguali della stessa specie d'eguaglianza, quella che dà la somiglianza delle facoltà e delle attitudini, ineguali soltanto pel grado di sviluppo di queste facoltà, l'una vincendo per questa e l'altro superando per quella: chi potrebbe assaporare la voluttà di innalzare l'uno verso l'altro occhi pieni d'ammirazione e gustare a vicenda il piacere di guidare la compagna e di seguirla nel sentiero del perfezionamento? Io non tenterò di tracciarne il quadro. Gli spiriti capaci di rappresentarselo non hanno bisogno dei miei colori, gli altri non vi vedrebbero che il sogno d'un entusiasta. Ma io sostengo colla convinzione più profonda che là soltanto sta l'ideale del matrimonio: e che tutte le opinioni, tutti i costumi, tutte le istituzioni che ne mantengono un'altra o rivolgono le idee e le aspirazioni che vi sono inerenti in un'altra direzione, qualunque sia il pretesto che usano a colorirla, sono vestigii della barbarie originaria. La rigenerazione morale dell'umanità non comincerà realmente se non quando la fondamentale fra le relazioni sociali, sarà sottoposta alla legge dell'eguaglianza, e quando i membri dell'umanità impareranno ad aversi obietto della più viva simpatia un eguale in diritto ed in lumi.

Pigliando a disamina il bene che il mondo guadagnerebbe a non più fare del sesso una ragione d'incapacità politica ed un marchio di servitù, noi ci siamo fin qui occupati meno dei beneficii particolari, che di quelli che la società potrebbe ritrarne, cioè, l'aumento del fondo generale del pensiero e dell'azione, ed un perfezionamento delle condizioni dell'associazione degli uomini e delle donne. Ma sarebbe apprezzare imperfettamente questo progresso il non tener conto d'un bene più diretto, cioè, il guadagno incalcolabile che farebbe la metà liberata della specie, la differenza che v'ha per lei fra una vita di soggezione alla volontà altrui, ed una vita di libertà fondata sulla ragione. Dopo le necessità di primo ordine, il cibo e il vestimento, la libertà è il primo superiore bisogno della natura umana. Finchè gli uomini non avevano diritti legali, essi agognavano ad una libertà senza limiti. Dacchè hanno imparato a comprendere il senso del dovere, ed il valore della ragione, essi tendono di più in più a lasciarsi guidare dal dovere e dalla ragione nell'esercizio della loro libertà; ma non desiderano meno la libertà, e non sono disposti ad accettate l'altrui volontà qual rappresentante ed interprete di questi principii regolatori.

Al contrario le comunità dove la ragione è stata più coltivata e dove l'idea del dovere sociale è stata più possente sono le stesse che hanno più fermamente affermato libertà d'azione dell'individuo, la libertà di ciascuno a regolare la sua condotta dietro il sentimento che ha del dovere, e dietro le leggi e norme sociali alle quali la sua coscienza può sottoscrivere.

Per apprezzare al suo valore l'indipendenza della persona come elemento di felicità, consideriamo quel che vale ai nostri occhi pel nostro proprio benessere. Non v'ha argomento sul quale i criteri differiscono maggiormente secondo che si tratta d'altrui o di noi stessi. Quando si ode qualcuno lagnarsi di non avere la sua libertà d'azione, che la sua propria volontà non ha bastante influenza sui propri affari, si è portati a domandarsi: di che cosa soffre egli, colui? Qual danno reale ha subito? in che cosa può egli dire che i suoi affari siano mal amministrati? E se rispondendo a queste questioni, non si giunge a mostrarci un danno che ci sembri sufficiente, noi chiudiamo l'orecchio, e riguardiamo quelle querele come l'effetto del malcontento di un individuo che non potrebbe soddisfarsi con nessuna ragionevole concessione. Ma noi abbiamo una tutt'altra maniera di giudicare allorchè si tratta di pronunciare in causa nostra. Allora l'amministrazione più irreprensibile dei nostri interessi pur fatto dal tutore che ci è dato non ci appaga punto; noi stiamo esclusi dal consiglio che decide, ecco il maggior dei gravami, e non ci sentiamo il bisogno, di dimostrare che l'amministrazione è cattiva. È lo stesso delle nazioni. Qual cittadino di libero paese vorrebbe prestare orecchio alle offerte di una buona ed abile amministrazione, ch'egli dovrebbe pagare colla sua libertà? Quand'anche egli credesse che un'amministrazione buona ed abile possa esistere presso un popolo governato da altra volontà che la propria, la coscienza ch'egli ha di fabbricarsi il suo destino sotto la sua morale responsabilità, sarebbe un compenso che cancellerebbe ai suoi occhi molte imperfezioni nei particolari della pubblica amministrazione. Siamo certi che tutto ciò che noi sentiamo in questo, lo sentono le donne allo stesso grado. Tutto quel che fu scritto da Erodoto fino ai nostri giorni dell'influenza dei governi liberi sugli spiriti ch'essa nobilita; sulle facoltà ch'ella eleva; sui sentimenti e l'intelligenza ai quali presenta oggetti più vasti e di maggiore portata; sull'individuo al quale ispira un patriottismo più disinteressato, viste più larghe e più serene del dovere, e ch'essa fa vivere, per così dire, ad un livello superiore nella vita del cuore, dello spirito e della società: tutto questo è tanto vero per la donna quanto per l'uomo.

Forse chè queste cose non sono parte della felicità individuale? Rammentiamo quel che abbiamo provato escendo d'infanzia, e dalla tutela e minuta direzione dei genitori, fossero pur essi teneri ed amati, ed entrando nella responsabilità della vita virile. Non ci è egli sembrato che ci si sbarazzasse da un grave peso, che ci si togliessero catene incomode se non dolorose? Non ci siamo noi sentiti due volte più vivi, due volte più uomini che non per l'addietro? Forse che si si figura che la donna non ha alcuno di questi sentimenti? Ma tutti sanno che le soddisfazioni e le mortificazioni dell'orgoglio personale, che sono tutto assolutamente per la pluralità degli uomini quando si tratta di loro stessi, sono contati per nulla e non sembrano motivi più sufficienti per legittimare le azioni quando si tratta d'altri, che qualsiasi altro natural sentimento dell'uomo. Forse perchè gli uomini, li decorano, quando si tratta di sè stessi, dei nomi di tante altre qualità, sentono di rado la potenza colla quale questi sentimenti dirigono la vita? Accertiamoci, che l'importanza di questi sentimenti non è men grande e meno potente nella vita delle donne. Le donne sono istruite a sopprimerli nell'indirizzo ov'essi troverebbero l'impiego più naturale e più sano, ma l'interno principio rimane e si rivela all'esterno sotto altre forme. Un carattere attivo ed energico che vede rifiutarsi la libertà cerca il potere: privo dell'arbitrio di sè, cerca affermare la propria personalità tentando governare gli altri. Non accordare a delle persone alcuna esistenza propria, non permettere loro l'esistenza che sotto la dipendenza altrui, è incoraggiarle troppo a sottomettere altri ai suoi disegni. Quando non si può sperare la libertà, ma che si può mirare al potere, il potere diviene il grande obietto della vita dell'uomo; quelli ai quali non si lasciano amministrare i propri affari si soddisfano occupandosi degli altrui con vedute egoiste. Di là deriva eziandio la passione delle donne per la bellezza, gli ornamenti, l'ostentazione, e tutti i mali che ne sgorgano sotto le forme del lusso e dell'immoralità sociale. L'amor del potere e l'amore della libertà sono in eterno antagonismo. Dove la libertà è minima, la passione del potere è più ardente e spudorata. Il desiderio del potere non può cessare d'essere una forza depravante nella specie umana se non quando ciascun individuo potrà fare i suoi affari senza impadronirsene; il che non può essere che nei paesi dove la libertà dell'individuo nei suoi proprii affari è un principio riconosciuto.

Ma non è solo il sentimento della dignità personale che fa della libera disposizione e della libera direzione delle proprie facoltà una fonte di felicità, e della loro servitù una fonte d'infelicità per l'uomo non meno che per la donna. Dopo la malattia, l'indigenza ed il sentimento della colpabilità non v'ha nulla di sì fatale alla felicità della vita che la mancanza di una vita onorevole e di un'uscita per le facoltà attive. Le donne che hanno una famiglia da curare, per tutto il tempo che questo incarico pesa sopra di loro, vi trovano un impiego per la loro attività, e questo generalmente basta; ma qual'uscita per quelle donne ogni giorno più numerose che non hanno avuto occasione di esercitare la vocazione che si chiama, per canzonatura certamente, la loro vocazione? Qual campo d'attività per le donne che hanno perduto i loro figli, tolti dalla morte, o allontanati dagli affari, od ammogliati e fondatori di nuove famiglie? Vi sono molti esempi d'uomini che dopo una vita data agli affari, si ritirano con una fortuna che permette loro di godere, quel che credono riposo, ma che incapaci di darsi nuovi interessi e nuovi motori per rimpiazzare gli antichi, non trovano nel loro cangiamento di vita che noie, tristezze e morte prematura. Tuttavia, non par che alcuno pensi che una sorte analoga aspetta un gran numero di donne degne e devote alla famiglia, che hanno pagato quel che si afferma, dovere le donne alla società, ed allevato i loro figli in modo irreprensibile, diretto la loro casa, finchè avevano una casa da dirigere, e che, abbandonate da questa occupazione unica per la quale erano state formate, restano con una intera attività, ormai senza impiego, a meno forse che una figlia, od una nuora non vogliano abdicare in favor loro l'esercizio di queste funzioni nella giovine casa. Triste destino certamente per la vecchiaia delle donne che hanno degnamente compito, finchè ne hanno avuto l'incarico, ciò che il mondo chiama il loro unico dovere sociale. Per queste e per quelle alle quali questo dovere non fu assegnato che languiscono per la maggior parte tutta la vita, colla coscienza di una vocazione attraversata e d'una attività alla quale si è impedito di manifestarsi, non vi è altra risorsa in generale che la religione e la carità. Ma la loro religione, tutta di sentimento e di osservanze religiose, non porta all'azione, se non sotto la forma di carità. Molte donne sono assai ben dotate, per la carità, dalla natura, ma per praticarla utilmente od anche senza produrre mali effetti, è d'uopo l'educazione, la preparazione complessa, le cognizioni e le facoltà di spirito, di un abile amministratore. Vi sono poche funzioni nell'amministrazione e nel governo alle quali non sia atta una persona capace di ben fare la carità. In questi ed in altri (e principalmente nell'educazione dei fanciulli) le donne non possono adempiere convenevolmente i doveri che loro si riconoscono, a meno d'essere state allevate in modo da adempir quelli che loro sono vietati, a gran detrimento della società. Mi si conceda qui di ricordare il bizzarro quadro che fanno della questione delle incapacità delle donne, coloro che trovano più comodo di scherzare su quel che non amano, che di rispondere adeguatamente agli argomenti. Quando si dice che i talenti delle donne pel governo, e la prudenza dei loro consigli sarebbero utili negli affari di Stato, i nostri faceti avversari, ci invitano a ridere allo spettacolo di un gabinetto ove seggono delle fanciulle di diciotto o diciannove anni e delle giovani donne di ventidue o ventitrè che passano puramente e semplicemente dalla loro sala alla camera dei Comuni. Essi dimenticano che gli uomini non sono chiamati a questa età a sedere in parlamento, ed a fungere funzioni responsabili. Il solo buon senso dovrebbe suggerir loro che se tali funzioni fossero affidate alle donne, lo sarebbero a quelle che non avendo vocazione speciale pel matrimonio o preferendo impiegare altrove i loro talenti (come pur si vedono ai dì nostri molte donne preferire al matrimonio qualcuna delle rare occupazioni loro concesse) avrebbero spesi i migliori anni di gioventù a rendersi capaci di camminar nella via nella quale vogliono impegnarsi: vi si ammetterebbero per lo più delle vedove, o donne maritate di quaranta o cinquant'anni, che potrebbero con istudi convenevoli, utilizzare su teatro più vasto, l'esperienza ed il talento di governo acquisiti nella loro famiglia. Non v'è paese in Europa dove gli uomini più capaci non abbiano provato frequentemente ed apprezzato grandemente il valore dei consigli e dell'aiuto delle donne pel successo degli affari privati e pubblici. Vi sono eziandio importanti questioni d'amministrazione per le quali pochi uomini hanno altrettanta capacità di certe donne, fra le altre la direzione del corrente delle spese. Ma quello di cui ora ci occupiamo, non è il bisogno che la società ha dei servizii delle donne negli affari pubblici, è la vita offuscata e senza scopo alla quale le condanna così sovente vietando loro l'esercizio dei talenti che molte fra loro si sentono per gli affari in un campo più vasto che quello di oggi, campo che non fu aperto mai che ad alcune, e chiuso a tutte. Se qualche cosa ha una vitale importanza per la felicità degli uomini è che sia loro possibile amare la loro carriera. Questa condizione di felicità è imperfettamente garantita o rifiutata completamente ad una gran parte dell'umanità, ed in difetto di questa condizione, quante vite non sono che fallimenti, nascosti sotto la maschera della fortuna. Ma se circostanze che la società non ha ancora l'accortezza di dominare rendono spesso questi fallimenti inevitabili al presente, nulla obbliga la società ad infliggerli ella stessa. Parenti inconsiderati, inesperienza giovanile, difetto di occasione per isvelare la vocazione naturale, ed all'opposto una occasione sgraziata per ispingere ad una vocazione antipatica, condannano quantità d'uomini a passare la loro vita in occupazioni che eseguiscano male e con ripugnanza, mentre tante altre ve ne sono che avrebbero eseguite con gioia e con successo. Questa condanna è la legge (o consuetudini forti quanto le leggi) che la pronuncia contro le donne. Ciò che nelle società dove i lumi non hanno penetrato, è il colore, la razza, la religione, o la nazionalità nei paesi conquistati, per certi uomini, il sesso lo è per tutte le donne: è una esclusione radicale da quasi tutte le occupazioni onorevoli, quelle sole eccettuate che non possono essere eseguite da altri, o che questi altri non trovano degne di loro. I patimenti provenienti da questa sorta di cause incontrano d'ordinario così poca simpatia, che poche persone hanno conoscenza della massa di dolori che produce oggi ancora il sentimento d'una vita sciupata; questi dolori si faranno più frequenti ed intensi a misura che l'incremento dell'istruzione aumenterà la sproporzione, fra le idee e le facoltà delle donne e lo scopo che la società riconosce alla loro attività. Quando consideriamo il male positivo cagionato ad una metà della specie umana dall'incapacità che la colpisce, dapprima la perdita di ciò che v'ha di più nobile e realmente appagante nella felicità personale, ed in seguito, il disgusto, la decezione, il malcontento della vita, che ne prendono il luogo, noi sentiamo che, di tutto ciò che gli uomini hanno d'uopo per lottare contro le miserie inevitabili della loro porzione sulla terra, nulla v'ha di più urgente che imparare a non aggiungere ai mali che la natura ci fa subire, per soddisfare gelosie e pregiudizii, restringendo mutuamente la loro libertà. I nostri vani timori non fanno che sostituire ai mali che temiamo senza ragione altri mali e peggiori, mentre che restringendo la libertà d'una dei nostri simili per altri motivi che per domandargli conto dei mali reali che ha cagionati servendosene, noi dissecchiamo d'altrettanto la fonte principale dalla quale gli uomini attingono la felicità, ed impoveriamo l'umanità sottraendole i più inestimabili dei beni che rendono la vita preziosa ai suoi membri.